君が永遠の星空に消えても

いぬじゅん

STARTS
スターツ出版株式会社

目次

君が永遠の星空に消えても

プロローグ

人はなぜ空を見あげるのだろう。
晴れた日には抜けるような青空が広がり、曇りの日は厚い雲が空を覆《おお》う。
赤いインクが滲《にじ》む夕空も美しいし、夜になれば星が光っている。

あの日、この空の下で私たちは出会った。
ぶっきらぼうに写真の撮りかたを教えてくれた君を、私は忘れない。
不思議だね。
君と過ごした日々は、写真よりも鮮やかに心に刻まれている。

この空は心を映す鏡のよう。
幸せな気持ちに満たされている日は、雨でも晴れでもキラキラと輝いて見える。
悲しみに目を伏せがちな日は、より一層切なく瞳に映る。
自分の感情をたしかめたくて、私たちは空を見るのかもしれない。

今では会えない君のことを、まだ過去にはできない。
誰かが言っていた。
『流星群は、奇跡を運んでくれるんだよ』

神様、私は奇跡を信じてもいいですか？
もう一度君に会いたいと願ってもいいですか？

空には折れそうな三日月とまばゆい星が広がっている。
今夜、この町に流星群が降る。

第一章　言葉にできるなら

スマホは便利だ。

写真を撮るだけじゃなく、アプリを使えば加工だって簡単にできる。

十月の朝、雲ひとつない薄色の青空が広がっている。画面いっぱいに空を写すのもいいけれど、あえて左下に駅ビルの先端を入れてみる。こうすることで、より空の大きさが実感できるはず。

撮影ボタンを押して確認すると、思ったよりも青色が強く出てしまっていた。

これじゃあ、夏の空みたい。

写真編集のアプリを起動して色の調整をする。さらに、駅ビルだとわかるギリギリまでトリミングして上書き保存。

これならSNSに載せてもいいレベルだろう。

「って、ヤバい」

スマホの時計を確認すると、ちょうどバスが出発する時間になっている。また夢中になって写真を撮ってしまっていた。

いつもこうだ。写真を撮っていると時間を忘れてしまう。夢中になっている、と言えば聞こえはいいのかもしれないけれど、悪戦苦闘しているうちに時間が過ぎているだけ。

急ぎ足で駅前を抜けてバス乗り場へ向かうと、待ちくたびれた顔で木下望海《きしたのぞみ》が立っていた。

「おはよう。待たせてごめんね」

「中根《なかね》萌奈《もな》様、本日もおそようございます」

イヤミと一緒に頭を下げる望海。

今日もひとつに縛った栗色の髪がキラキラと輝いている。アイドルにいてもおかしくないくらい目が大きくて唇はぷっくりしていてうらやましい。

思わず撮影しそうになる指先を我慢して、スマホをスカートのポケットにしまった。

「ごめん。今日も乗り遅れちゃったね」

「そもそも間に合うことのほうが少ないし。どうせまた写真を撮りながら歩いてたんでしょ」

「ながらスマホはしてないよ。写真を撮るときはちゃんと立ち止まって、周りの人の迷惑にならないように――」

「はいはい、わかったって。その遅刻グセをなんとかしなさい、って言ってるの」

呆《あき》れ顔の望海だけど、口元は笑っている。昔からの友達だから、私の性格を理解してくれているんだろうけれど、甘えてばかりはいけない。

「本当にごめんなさい」

申し訳なさを言葉にすると、望海はカラカラと笑った。

「早いバスの時間にしてるから大丈夫だって。ただ真冬に待たされるのは勘弁だけどね。長野《ながの》の冬はヤバすぎるし」

「うん。気をつける」

次のバスに乗っても始業時間には間に合う。

バス停には同じ制服の生徒がちらほらいる。紺色のブレザーとスカートに藍《あい》色のリボンで、どこにでもあるような制服。

「あー、やっぱりセーラー服がよかった」

ボヤく私に「もう」と望海が唇をとがらせた。

「二年も着てるくせになに言ってんの。いくら調べても、このあたりにセーラー服の高校はなかったでしょ」

望海とは中学生のころから仲がいい。住んでいる場所も成績も近かったので、ふたりで相談して今の高校を選んだ。バスで五駅なので、話をしているとあっという間に到着する距離。

私たちももう高校二年生。クラスでは最近、進学についての話がちらほらと出てくるけれど、望海とはまだ話し合っていない。

こんな毎日がずっと続けばいいのにな。同じ大学に行って、できるなら同じ就職先を選んで……。なんて、現実的じゃないことくらいわかっているけれど、離れてしまう日を想像するだけで怖くなる。

そもそも行きたい大学もないしな……。みんなどうやって自分の将来を決めているんだろう。

バスが来る方向をつま先立ちで確認している望海は、さらにかわいくなっている。これは気のせいじゃないと思う。

「望海はいいよね。なに着ても似合うもん」

ほう、とため息をつくと、望海が目を丸くしている。

「萌奈だって似合ってるよ」

「そんなの言われたことないし」

「風景ばかりじゃなく、たまには自分の写真もインスタにあげてみたら？　きっと〝いいね！〟がたくさんつくと思うけどなあ」

「自分の写真をあげるなんてムリ！」

自信がないのは昔から。肩までの黒髪は結ぶにはまだ短いし、メイクだって望海のほうが上手だし。

「なんでムリなのよ」

腰に手を当てる望海に「う……」と言葉に詰まる。いつだってそうだ。自分の気持ちを言葉にしようとすると、頭にモヤがかかったみたいにフリーズしてしまう。なんでもいいから口にすればいいのに、迷路のなかで立ち尽くしている感覚になる。

「じゃあ……努力してみる」

こんなふうに、最後はいつも相手に合わせた言葉ばかり選んでしまう。

そんな自分がイヤなのに、満足そうにうなずく望海にホッとしている私もいる。

気づかれないようにため息をそっとこぼした。

自分の写真をインスタにアップするなんて、どんなに努力したって一生できない。

友達に撮ってもらった写真には、いつも平凡な私が写っている。無加工じゃ誰にも見せられないし、消去してしまうことも多い。

だから、私は自分の写真を撮るのも撮られるのも好きじゃない。友達と撮るときには、率先してカメラマン役に名乗りをあげているほどだ。

「ひょっとして、〝努力してもムリ〟なんて考えてたりする？」

鋭い望海に首をブンブンと横に振った。

軽くうなずいたあと、望海は長い人差し指を一本立てた。これは、望海がことわざを口にするときの合図だ。

「そんな萌奈にはこの言葉がピッタリかな。『わが身のことは人に問え』だね」

「……どういう意味？」

初めて聞くことわざだから意味がわからない。わが身、というのは自分のことだよね。それを人に聞くってどういうこと？

こんなふうに望海はなにかにつけてことわざを教えてくる。

「そのまんまの意味だよ。人のことは理解できるのに、自分のこととなるとよくわからないでしょう？　そういうときは人に聞けば客観的な意見がもらえる。つまりあたしの意見が正しいってこと」

ズバリと人差し指を私に向けてくる望海。その向こうからバスがのんびりやってきた。

「そんなことありえないよ。自分のことは自分がいちばんわかってるから」

口にしてすぐに気づく。ああ、このセリフ……こないだ同じことを言ったばかりだ。

チクリと痛む胸に気づかれないようにさっさとバスに乗りこみ、いちばん奥の席に座った。

山の中腹にある高校なので、バスに乗っているのはほとんどが生徒だ。スマホを開き、さっき撮影したばかりの青空を眺める。

「ねー、インスタってそんなにおもしろいの？」

スマホの画面を覗《のぞ》きこんでくる望海。

「おもしろいっていうか、毎日の記録みたいなもんだから」

「ふーん。でも、ほかの人にも見られるわけでしょ。それって怖くない？」

「怖い、ってなんで？」

望海はＳＮＳをやらない派のひとり。インスタも Twitter も興味がないらしい。周りの説得もあり、最近になってようやくＬＩＮＥだけははじめてくれた。

望海は、人差し指をあごに当てたまま首をかしげる。

「近場の写真を載せたりしたら個人情報が丸わかりじゃん。家を特定されたりすることもあるんでしょう？」

「アップしてるのは風景ばっかりだし家の写真とかは載せてないから大丈夫」

「なんにしても人が撮った写真を見てなにがおもしろいの？　あたしは興味ないな」

正直、望海の言いぶんにうなずけるところもある。誰かのキラキラした毎日を覗くのが楽しいときもあるけれど、自分のつまらない日々を思い知らされた気分になることも多いから。

ただ、私がインスタをやっているのにはほかにも理由があって……。

大きくバスが揺れ、膝に置いたカバンが跳ねた。暗くなりそうな気持ちも一緒にどこかへ飛んでいってくれればいいのに。

現実は厳しいことの連続。泉のように湧き出る悩みも、クラスメイトの無神経な発言も、マヒしてしまった悲しみでさえも、ぜんぶ消してくれる加工アプリがあればいいいのに。

インスタにアップした写真にはさっき切り取った青空が映っている。

加工された秋色の写真に、早速〝いいね！〟がふたつついていた。

#十月十一日　#青空　#登校風景

「インスタ見たよ」

教室に入ると同時に芹澤伸次《せりざわしんじ》こと、セリが声をかけてきた。

中学校が同じだった数少ないクラスメイト。中学のときに打ちこんでいた陸上は高校では選ばなかったようで、今では私と同じく帰宅部に所属している。

短かった髪はこの二年でずいぶんと伸び、俗に言うロン毛に近い。残念ながら身長はストップしたらしく、私より少し高いくらい。

セリというあだ名で呼ばれていて、苗字で呼ぶのは先生くらい。明るくて少し天然で、クラスの人気者だ。

「ひょっとして〝いいね！〟押してくれた？」

「もちろん押しといた。僕がひとりめの〝いいね！〟だったよ」

窓辺の席に座ると、セリはまだ登校していない前の椅子に腰をおろして、周りを見渡してから顔を近づけてきた。

「今ってちょっといい？」

声のトーンだけでわかってしまう。ああ、きっと彼の話だ……。

セリはまぶしそうにガラス越しの空を見てから、私に視線を戻す。言いにくいことを口にするとき、セリはこんなふうに視点をさまよわせる。

「最近、会いに行ってないみたいだね。壱星《いっせい》が心配してたよ」

「あ、うん……」

駒田《こまだ》壱星の名前が誰かから出るたびに、胸がドキンと音を立てる。

「なになに、壱星の話？」

望海の地獄耳にも届いたらしく、いそいそと私とセリの間に立った。

私と壱星、望海、そしてセリは、中学二年生から一度もクラスが離れたことのない四人だ。まあ、田舎にある学校だからクラスが少ないのも理由のひとつになるけれど。

うまくごまかしてほしいのに、セリは「そうそう」とうなずく。

「萌奈と壱星カップルについて話してたところ」

「あたし、萌奈が壱星とつき合ってるなんて、今でも信じられないんだよね」

望海はいつもこんなことを言う。

「いや、僕は昔からいかに壱星が萌奈を好きかは知ってたけどね。壱星って愛想もないし言葉数も少ないけど、萌奈にだけは心を許してたし」

セリの言葉に、望海は納得するようにうなずいた。

「言われてみればそうだわ。壱星ってどこか番犬みたいなところあるもんね。ああ見えて女子からは人気あったから、萌奈のことみんなうらやましがってたんだよ」

「ふたりがつき合ったのって中三になってからだっけ？」

セリの質問に「中二から」と答える。

〝四人組の友達〟という関係に変化が現れたのは中学二年生の冬。セリの試合を応援しに行った帰り道で壱星に告白をされたんだ。

「ひゃあ、そんな前か。じゃあもうすぐつき合って三年ってことだ」

大げさに驚くセリに、昔を思い出す。

つき合いだした私たちに誰もが驚いていたけれど、いちばん驚いていたのは私自身だった。片想いは片想いのままで終わるとあきらめていたし、このまま高校も離れ離れになると覚悟もしていた。

平凡で目立たない〝中根萌奈〟に、〝壱星の彼女〟というカタガキが増えた。いつも一緒にいて、たくさん笑って、たまに泣いたりもしたけれど、それが幸せだった。

ううん、今だって幸せなはずなのに……。

「で、なんで会いに行かないわけ？」

セリの言葉に思い出の上映をストップした。壱星に会いに行かない理由を尋ねられているんだった。

「最近ちょっと忙しくてね」

「土日とかだけでも顔見せてやってよ。ほら、壱星ってああ見えてさみしがりやだからさ」

とっくに陸上部じゃないのに、日に焼けた顔でセリは笑う。

そうだよね、会いに行かなきゃね……。自分でもわかっていたことだし、セリが心配してくれているのもわかる。

ふと、脳裏に透明のグラスが浮かんだ。ワインを入れるような楕円《だえん》形のグラス。そこに一滴のしずくが落ちる。

ぴちゃん。音を立てて水が溜まるイメージが頭に浮かんでしまう。

「わかった。会いに行くね」

グラスのイメージを頭から追い出してうなずくと、望海が「あれ？」と眉をひそめた。

「こないだの土日って、どこかに出かけてなかったっけ？」

返答に詰まっていると、セリが自分のスマホを開いて望海に見せた。映っているのは私がインスタにアップした写真たち。

「松本城《まつもとじょう》に出かけているね。そのあとは松本《まつもと》駅でからあげを食べて、帰りに高速道路のサービスエリアで味噌《みそ》ソフトクリームも食べてる」

ご丁寧に写真の説明をするセリ。

「食べてばっかりじゃん」

呆れた顔をした二秒後、望海の体がビクッと揺れた。望海はゆっくりと私を見た。

「え……まさか、浮気してるとか？」

「違うよ。お兄ちゃんと行ったの」

ホッとした顔のあと、今度は「ええっ!?」と驚きの表情に変わる。

「麻弥《あさや》さんと!?　いいなあ、あたしも一緒に行きたい。ね、今度出かけるときは誘ってよ」

上半身を折り、顔を近づけてくるので、思わずのけぞってしまう。

望海はお兄ちゃんに片想いをしている。といっても、本人は認めてはいないけれど。

「お兄ちゃんがイヤがるよ」

「イヤがるわけないじゃん。麻弥さんとあたしは昔から仲良しなんだから。ねね、一緒に行こうよ。壱星も入れてみんなで――」

望海はそこでハッと口をつぐんだ。

「と……とにかく、あたしも誘うこと」

しどろもどろに言ったあと、望海は「おはよう」とクラスの女子に話しかけに行った。

奇妙な間がセリとの間に流れた。

わかってる。はたから見れば、恋人なのに会いに行かないなんて、って思われていることも。壱星とセリは親友同士だし、言われても仕方のないこと。

でも、これには事情があって……。

「今日の帰りに会いに行くよ」

そう言うと、セリはうれしそうに笑みを浮かべた。

「よかった。僕も行きたいけど用事があるから……って、ふたりきりのほうがいいよね」

「そういうわけじゃないけど……」

スマホの画面には、まだソフトクリームが映っている。

「萌奈がひとりで行ったほうがよろこぶに決まってる。ってことでよろしくね」

そう言って席を立つセリ。

「わかった。ありがとう」

モヤモヤと胸の奥がざわめいている。

私は今、笑えているのかな。今にも泣きそうな気持ちがバレてないといいな……。

また、頭のなかにあるグラスにしずくが落ちた。

「おーい。席に着けよ」

担任の高谷《たかたに》先生が教室に入ってきた。椅子を引く音や笑い声が重なる。にぎやかな音の洪水に、私は耳をふさぎたくなる。

高谷先生はいつも忙しそうだ。職員室の机の上は書類が山のように積み重なっていて今にも崩れそう。教師用タブレットを使っているところは見たことがなく、山の下段に裏向きのまま置き忘れられている。

三十五歳、バツイチ。近くで見ると無精ひげがぴょんぴょん伸びていて、万年黒いジャージ姿。なのに、担当教科は音楽というギャップがすごい。

放課後呼び出された理由はわかっていた。

案の定、高谷先生の手には進路希望調査票がある。

「前にも言ったけど、希望校は変わってもいい。けれど、検討中と書かれても困るんだよ」

太い指でトントンと、私が書いた検討中の文字をたたく高谷先生。

「すみません」

「どこか行きたい大学とか専門学校とかないのか？」

大あくびをしながら高谷先生は私に用紙を押しつけてきた。

夏休み中に提出するはずだったけれど、結局答えが出ないまま遅れに遅れて提出した。呼び出されるだろうなと覚悟はしていた。

「大学とかあんまりピンとこなくて……」

「それに保護者の欄に書いてある『本人に任せます』ってのもなあ……。もう一度お母さんに説明して書いてもらって」

「…………」

「どうかした？」

いぶかしげに見てくる高谷先生に、首を横に振った。

お母さんは私が小学三年生のときに亡くなった。そう言ったら先生は困ってしまうだろう。

「あ、そっか。すまん、失言した」

気づいたのだろう、高谷先生は軽く頭を下げた。

「いえ。気にしないでください」

今夜にでもお父さんと相談するしかないけれど、みんなどうやって自分の進路を決めているんだろう。毎日が精一杯すぎて、未来のことなんて想像もつかないよ。

「そういえば、駒田んとこに行くって？」

急に壱星の名前が出たので、あいまいにうなずいた。

「このあと寄ろうかな、って……」

「じゃあこれ持っていって。各種お知らせと夏休みの課題の返却分」

手提げ袋を渡されたので受け取ると、想像以上に重い。

「で」と、高谷先生が改まった口調で言った。

「駒田の体調はどんな？　芹澤にも聞いたけどはっきり言わなくてな」

周りの教師が聞き耳を立てているのがわかる。

なんて答えていいのかわからず口ごもる私に、先生は鼻でため息をついた。

「入学したときは元気そうに見えたんだけどなあ。すぐに入院して急性の病気……なんだっけ？」

「急性リンパ性白血病です」

あの日、彼は私にその病名を告げた。

私はどんな顔でそれを聞いていたのだろう。今となっては思い出せない。思い出したくない。

「それでも一年生のときはわりと登校できてたのになあ」

病気がわかってすぐに入院することになったけれど、入退院の合い間には学校にも通えていた。二年生になってからは入院している期間のほうが長く、今は自宅療養中と聞いている。

「俺も調べてみたけど、生存率は高めなんだろ？」

「わかりません」

「子どもだった場合、七十％くらいあるってネットに書いてたけど」

それは小児の場合の生存率だ。私だってイヤになるほど何度も調べた。

壱星のことを考えるたび、胸がドキドキと幸せな音を立てていた時期はもう遠い。今では、胸をつかまれたと思うほどの痛みと苦しみが襲ってくる。

でも、昨日来た壱星からのＬＩＮＥには【最近体調が安定している】と書いてあった。そのことを伝えるかどうかを迷っているうちに、高谷先生は「まあ」と肩をすくめた。

「お大事に、って伝えておいて」

高谷先生はそう言うと、また大きなあくびを宙に逃がした。

久しぶりに来た壱星の部屋は、前よりも片づいていた。八畳の広さの洋室には、ベッドと小さな台と丸椅子があるだけ。以前はマンガ本や雑誌が山のようにあったのにどこにしまったのだろう。

部屋まで案内してくれたおばさんが、「ああ」と納得したようにうなずいた。

「なんかね、カビとかホコリとかが大敵なんだって。だからずいぶん処分したり移動したりしたの。ミニマリズムみたいじゃない？」

「ミニマリストだよ」

訂正すると、おばさんはふくよかな体を揺らしてガハハと大声で笑った。

「そうそう、ミニマリストだったわ。じゃあ、ごゆっくりね」

おばさんはずっと変わらない。壱星の病気がわかってからも明るくて豪快だ。

ベッドに近寄ると、壱星が顔を私に向けた。

抗がん剤治療で抜けた髪もずいぶんもとに戻った。腕や首にある内出血の跡も薄くなった。

鋭角の眉に涼し気な目、鼻が高くて唇は薄い。やわらかそうな黒髪がよく似合っている。背が高いせいでベッドから今にも足が飛び出てしまいそう。

壱星は自分のほうが先に恋をしたと思っているけれど、本当は違う。出会った瞬間から私が先に好きになったの。

『君が好きなんだ』

シンプルで最高の告白は、今でもはっきりと耳に残っている。うれしくて泣いてしまった私の頭に大きな手をそっと置いてくれた。

でも……またヤセちゃったね。

頬のあたりが前よりもシャープになっている。顔色は悪くないように見える。

よくなっているところを必死で探す自分が悲しくなる。

「よう」

彼はいつもこの挨拶からはじまる。動揺を悟られぬように、笑みを顔に貼りつけてから丸椅子に腰をおろした。

「今日のインスタ見てくれた?」

「見た」

まるで最低限の単語だけで会話を成立させようとするゲームをしているみたいに、壱星はいつだってそっけない。

でも、言葉にはしないけれど、誰よりもやさしいことを私は知っている。照れ屋な壱星だからこそ、私は好きになったんだと思う。それに、しばらくしゃべっていると口数が多くなっていくことも知っている。

「この間投稿した写真だけど、松本城は紅葉にはまだ早かったね。載せてから気づいたよ」

スマホを開き、お兄ちゃんと行った松本城の天守《てんしゅ》から撮った写真を見せた。手すりの向こうに見える山々はまばらな暖色模様。空にはうろこ雲が浮かんでいる。

壱星は黙って眺めたあと、スマホを持つ私の手ごと握った。

「構図がいまいち」

いつものように辛口の評価を下す壱星だけど、口元には笑みが浮かんでいる。握られた手から、彼のやさしさが体のなかに伝わってくる。

「今回はかなりがんばったつもりだけど？」

「上からの写真を撮るときは高さがわかるようにしないと」

ぶっきらぼうな言いかただけど、その目はやさしい。

最初の出会いも写真の撮りかたについてのアドバイスだった。子どものころから壱星は写真が好きで、独学で勉強をしたらしい。

やさしく、ときに厳しく、写真について教えてくれる壱星のことが私は好きだった。

「高さか……たしかにこの写真だとよくわからないね」

「空よりも地上の様子を入れると高さが表現できる」

「うん」

握られた手が離され、壱星はスマホを操作した。急速に温度を失う手が、もうさみしい。そんなことを言ったら、彼はきっと笑うだろう。

「こういう写真ってスマホでは限界があるんだよな。家に使ってない一眼レフカメラがあるって言ってなかった？」

「ああ、昔お母さんが使ってたカメラね。相当古いカメラだったと思うよ。そもそも、どこにあるのかわからないし」

壱星の前だと、つい元気な自分を意識してしまう。前にも指摘されたのに、直すことができない私の悪いクセだ。

ぴちゃん。また水滴がグラスに落ちる音が聞こえた気がした。

「ごめん」

壱星が急に謝るからぽかんとしてしまう。

「ほら、前に来たときひどいこと言った」

ちょうど同じことを考えていたから驚いてしまう。

「あれは私が悪いの。自分のことは自分がいちばんわかってるなんて言っちゃった。私こそごめん」

慌てて謝ると、壱星は軽く首を横に振った。

先々週ここに来たときに、壱星から言われた言葉は今でも胸に凶器のように刺さったまま。

『ムリして来なくていいから』

彼はぶっきらぼうにそう言ったんだ。

『ムリなんてしてない』

『そう見えるから』

『私のことは私がいちばんわかってる。会いたいって思うから来てるだけなの!』

そう啖呵《たんか》を切ったのに、あのあと足が遠のいてしまっていた。

沈黙が怖くて、インスタの写真一覧を壱星に見せた。

「インスタにふたりで行きたい場所を載せてきたけど、このあたりのスポットはだいたい撮影完了ってとこかな」

自慢げに言ってみせた。

「そっか」

「そっか、ってふたりのために撮ってるんですけど？　壱星は行きたい場所ってないの？　あるなら撮りに行くよ」

いつか壱星が元気になったらふたりでデートをしたい。そのときには、インスタに載せた場所をふたりで巡《めぐ》るんだ。

同じ場所で壱星の写真を撮ろう。もちろんアップはしないけれど、絶対にいい思い出になるはず。

ふと、壱星の瞳が翳《かげ》ったように思えた。

「行かなくちゃいけない場所ならあるよ」

「え、どこどこ？」

壱星は迷ったように目を伏せてから、

「海」

つぶやくように言った。

「海ってあの海？」

「そう。なんか、新潟《にいがた》にはいい海岸があるらしい。白浜なんだってさ」

これまでもふたりで行きたい場所の話はしてきたのに、新潟というのは初耳だった。

「新潟って新潟県のことだよね。行かなくちゃいけない、ってどういう意味？」

尋ねる私に、壱星はニヤッと意味ありげに笑う。

「それはまだ秘密」

そう言ったあと、壱星は目を閉じた。

「え、秘密なの？　壱星はさ、言葉が短すぎるって。もっとちゃんと話をしてくれないとわからないよ」

自分だって気持ちを言葉にするのが苦手なくせに。自分に入れるツッコミを見ないフリした。今は壱星がなぜ新潟の海に行きたいのかを知りたいから。

「うーん」

眉間のシワを深くする壱星が、細目を開けて私を見た。

「俺もよくわかんないんだよ。でも、必ずふたりで行きたいから先に行くなよ」

「意味がわかんないけど約束する」

行けたらいいな。行けるといいな。

もうすぐ壱星は学校にも通えるようになると聞いている。これまでに何度もその話はあって、だけど来られなくなって……。

期待することをやめたら、気持ちもラクになれるのかな。

「一緒にいろんな場所、行けたらいいな」

照れた顔で言う壱星に、マイナスな気持ちは一瞬で吹っ飛ぶ。

「うん。絶対に行こうね」

その日を思えば、それだけで幸せな気持ちになれるよ。

インスタにアップした場所へ、ふたりで出かけよう。新潟県だって行くよ。壱星とふたりならどこまでだって行ける。

「そういえば、もうすぐまた流星群が来るって」

その言葉がやけに重く耳に届いた。見ると、壱星は天井を見あげてほほ笑んでいる。

重く聞こえたのは気のせいか……。髪を耳にかけながらうなずいた。

「クラスでも話題になってたよ。同じ場所で一年に二回も見られるのって珍しいんだってね」

「七月の流星群はチラッとしか観測できなかったらしいけどな」

「次は十一月の中旬だっけ？　でも夜だと寒そう」

震えるフリをした私に、壱星はほほ笑んだあと口元を引き締めた。

「流星群、一緒に見たいけどムリだろうな」

「あ、写真撮ってくるから大丈夫……だよ」

なぜだろう。次の言葉を聞くのが怖いと思った。部屋の空気は重く、私ごと沈んでしまいそう。

「俺が死んだらさ――」

「ちょっと」

身を乗り出す私に、壱星はまた目を伏せた。

「俺が死んだらさ、流星群に願ってほしいんだ」

「やめて」

「もう一度会いたいって願えば奇跡が――」

「やめてってば！」

立ちあがる私に、壱星は見たことがないほど悲しい表情を浮かべた。

こんな顔を見たくて来たわけじゃない。明日にでも壱星が元気になると信じたくて来たのに。

ぴちゃん、ぴちゃんとグラスに水が溜まっていく。気がつけばもうすぐあふれそうなほど表面張力で丸くなっていて……。

「ごめん、悪かった」

思考は壱星の声に中断された。

「もう言わないよ。——おいで」

壱星が片手を私に伸ばした。いつもならその胸に飛びこめるのに、意思とは反対にあとずさってしまう。

ぴちゃん、ぴちゃん。

「なんで……死ぬなんて言うの？　だって、もうすぐ完治するって……」

「高校になって病名がわかってからは入退院のくり返しだっただろ。萌奈にも迷惑ばっかりかけたよな」

平気だよ。私は平気。だから、もうこんな悲しいことを言わないで。

泣いちゃダメだとわかっているのに、あっさりと涙で視界がゆがんでいく。心配をかけたくない、迷惑をかけたくないのに感情がコントロールできない。

「再発したんだ」

ぼやけた姿の壱星がそう言った。

「え……」

「急変っていうのかな。明日から入院することになったんだ」

「ウソでしょう……？」

足元からなにかが崩れていく。ボロボロとこわれてこぼれて、気がつくと私は絨《じゅう》毯《たん》の上に座りこんでいた。

天井を眺めたまま、壱星は言う。

「俺はもう、ダメなんだと思う」

なにを言っているのかわからない。

頬をこぼれる涙が熱くて、痛かった。


家に戻ると珍しくお父さんが帰ってきていた。

泣いたあとだからやけに眠い。悲しい。もっと泣きたい。

でも、誰にも心配をかけたくない。

大きく息を吸ってから笑顔を意識して「ただいま」と伝えた。

お父さんは疲れた顔で「ただいま」と言った。

「ふたりしてただいま、じゃおかしくない？」

いつものように笑ってみせるけれど、お父さんは言われた意味がわからないらしく
ソファで首をかしげた。

「お父さんがこんなに早く帰ってくるなんて珍しいね。もうすぐ流星群が来るから忙しいんじゃなかったの？」

わざと元気よく尋ねる私に、お父さんは「ん」と短く答えた。

お父さんは隣町にある天文台に勤務している。なにをしているのかは詳しく知らないけれど、星の研究をしているそうだ。

「忙しいのは流星群が観測できる当日とそのあとの研究だ。今は嵐の前の静けさってところかな」

「今年は二回も来るし大変だね」

「大変なんてもんじゃない。周りからは『長野県ばっかり観測できてずるい』なんて言われるけど、こう忙しいんじゃ星がキライになりそうだ」

なんて笑ったあと、「あ」と、お父さんは読んでいた新聞から私へ視線を移した。

「今回は天文台へ続く道は通行止めになるそうだ」

「え、そうなんだ」

「前回、流星群が来たときは大変だった。予想をはるかに超える見物人が来たからなあ」

ああ、と少し前の記憶がよみがえる。連日テレビでも報道されていたけれど、結局天文台からはあまり見えなかったそうだ。

「今年みたいに何度も流星群が見られることってあるの？」

「ないない。長野県で、しかもこのあたりで観測できたのは萌奈が小学生のときだったな。テレビや新聞でやってたのを覚えてないか？」

「ああ……なんとなく」

あのころは、お母さんが亡くなる直前でバタバタしていたよね。たしか、新聞に写真が載っていた気がする。

私の誕生日である十二月三十日、お母さんは『おめでとう』と言ってくれた。退院もできたし、顔色もよかったことを覚えている。なのに、それからすぐお母さんは亡くなってしまった。

ううん、違う。お母さんが亡くなったのはもう少し前だから、あれはその前の年の記憶なのかな……。

小さな祭壇に飾られているお母さんの写真を見る。

誰かが亡くなることって、残された人にも影響を与えるもの。お母さんが亡くなる前、家族関係はギクシャクしていたのを覚えている。

お母さんの具合が悪い日でさえ仕事に出かけるお父さんに文句を言ったり、イライラするお兄ちゃんとケンカしたり。

けれど、お母さんが亡くなったことで家族はまたひとつになった。ぎこちない会話もなくなり、今では普通に話ができている。

今でもお母さんの思い出話はよくしている。小学三年生だった私には、お父さんとお兄ちゃんに比べると記憶に残っている思い出は少ないけれど、それでもお母さんのエピソードを聞くたびにやさしい気持ちになれる。

「お兄ちゃんは？」

「もうすぐ帰ってくるって。夕飯は鬼塚亭《おにづかてい》の弁当だそうだ」

「着替えてくるね」

二階にあがり部屋に入ると、やっと明るい自分を捨てられた。電気もつけずにベッドにうつぶせで寝転んだ。

たくさん泣いたせいか、まぶたがやけに重い。

「壱星……」

病気が再発したなんて信じられなかった。

最後の瞬間まで『ウソだよ』の言葉を待っていた。だけど、帰るときにおばさんの顔を見てわかった。

ぜんぶ、本当のことだって。

おばさんがしてくれた説明にどんなふうにうなずき、どうやって帰ってきたのか覚えていない。わかっているのは、壱星の具合がかなり悪化しているってことだけ。

『もう退院できないかもしれないのよ』

おばさんは瞳に涙を浮かべてそう言っていた……。

ふと窓の外が明るいことに気づいた。

カーテンのすき間から少し欠けた月が見えた。薄雲がまとわりつき、その輪郭《りんかく》をぼやけさせている。

これから月はどんどん細くなり、やがて頼りない三日月へ姿を変える。そう、今にも折れてしまいそうなほどの存在に。

こんなところにも、自分を重ねてしまう。

スマホのカメラで月を写してみる。カメラ越しの月はあまりにも遠くて泣きたくなった。

わかっている。本当に苦しいのは壱星のほうだってことを。

私なんてただ泣いているだけでなんにもできない。壱星の言葉をかみしめるように思い出しても、自分にできることなんてなんにもない。

こんなに苦しいのに、ほかの人の前では元気に振る舞う自分がキライ。

撮影した写真を眺めていると、

――トントントン。

部屋をノックする音がした。

顔だけニョキッと覗かせたお兄ちゃんは、大学の帰りなのだろう、いつも通学に使っているリュックを背負っている。

私よりサラサラの髪に細いフレームのメガネ、黒で統一された服装にスリムな体型は人気がありそうなのに、今のところ浮いた話はない。

「弁当買ってきたけど……って、オーラが暗いな」

モテないのは、このデリカシーのなさが原因だと私は思っている。

思ったことをズバズバと口にするのはやめたほうがいい、と何度注意しても直らない。むしろひどくなっている気さえする。

言いたいことを我慢したりベストな言いかたのシミュレーションをくり返す私とは正反対の性格だけど、意外にも兄妹仲はいい。真逆だからこそわかりあえる部分も多いと私は分析している。

「電気もつけずに泣くなんて、マジで怖いんだけど」

「泣いてないもん」

「ウソだね。目が倍くらいに腫《は》れてる。どうする？　弁当、持ってくるから部屋で食うか？」

でも、最後はやさしいお兄ちゃん。大学四年生になり就職が決まってからは、やたら私のことを気にしてくれるようになった。

「部屋で食べる」

「ＯＫ。すぐ持ってくるわ」

ドアが閉まると、しんとした静けさが部屋に訪れた。

インスタに月の写真をアップした。

ぴちゃん、ぴちゃん。

悲しみのグラスは、今にもあふれてこぼれそうだ。

#月　#星は見えない　#静かな夜

十月も中旬を過ぎれば、空気に冬のにおいが混じっている。

今朝は駒ヶ岳《こまがたけ》の山頂で初雪が観測されたとニュースでやっていて、登校時は息がやけに白かった。コートを着ている生徒も多くなっている。

昼休みになっても暖房の弱い教室にいると足元に寒さが絡みついてくる。ひざ掛けを床ギリギリまで下げてもあまり意味がないみたい。

「ちょっと萌奈、全然ご飯食べてないじゃん」

向かい合って座る望海の声に我に返った。

「朝、食べすぎちゃって」

えへへ、と笑う自分を遠くから眺めているみたい。あれから一週間が過ぎても、壱星が言った言葉がこびりついて離れない。

『再発したんだ』

『俺はもう、ダメなんだと思う』

ぐるぐるぐるぐる。同じ言葉ばかり頭のなかで回っている。

「ダイエットとかやめてよね。萌奈は全然太ってないんだから」

「ダイエットはしてないよ」

教壇の前の席をつい見てしまう。壱星の机と椅子が、ずっと主を待ちわびていてかわいそう。

望海に気づかれないようにそっとため息を逃がす。

「中根、最近の壱星ってどんな感じ？」

クラスメイトの男子たちが声をかけてきた。ぶっきらぼうな壱星だけど、男女問わず人気がある。

二年生になってから登校できた回数は多くないのに気にしてくれているんだ……。

「大丈夫だよ」

心配かけたくなくて答えると、望海が「それはウソ」と間髪《かんはつ》入れずに言った。

「萌奈、なにか隠してるでしょ」

「そんなこと――」

「そんなことある。じゃないと最近の落ちこみの原因がわからない。見て、食欲もないでしょ」

周りの女子が「ほんとだ」と口々に言うのを見てあきらめがついた。

「実は……壱星ね、あんまりよくないみたいなの」

ごまかすこともできたはず。けれど、これ以上ウソをついても仕方ないと思った。

「え、そうなの⁉」「よくないってどんなふうに？」

集まる女子たちに、またごまかしの言葉を考えている。けれど、望海がじっと見つめてくるから正直に言うしかない。

「詳しくはわからないの。無菌室に入ってて……面会もダメみたいで」

言葉を失ったみんなに、また涙が浮かびそうになる。

あの日から壱星には直接会えていない。スマホは使えるらしく、たまにメッセージは来るけれど、病状についてはお互い聞くことも言うこともできていない状況が続いている。

泣いちゃダメ。苦しいのは私じゃなくて壱星なんだから。

自分の気持ちを言葉にすれば、こんなふうに周りに心配をかけてしまうだけ。わかっていたのに、日ごとに重くなる気持ちに負けてしまった気分。

もうこれ以上は言わない。元気なフリで笑わなくちゃ。笑ってみせなくっちゃ……。

涙をこらえていると、望海がパチンと大きく手を打った。

「はい、インタビューはもう終わり。萌奈がいちばんつらいんだから、少しは気を遣ってよね」

望海が詳しく話させたくせに。チラッと顔を見ても望海はどこ吹く風。手鏡で前髪をいじくっている。

みんなが散らばるのを見届けたあと、望海は「もう」と私の顔を覗きこんだ。

「そんなことだろうと思った。萌奈は自分から言わないもんね」

「ごめん……」

気づくと望海が人差し指を私の目の前で立てていた。

「今の萌奈には『疑心暗鬼を生ず』の言葉がピッタリ」

「……疑心暗鬼はよく使う言葉だね」

「そう」と、再び近づいてきたクラスメイトを手のひらで追い払いながら望海はうなずいた。

「なんでもないことでも疑いを持って見てしまうことの例え。壱星は入院した。ってことは、ちゃんと治療を受けてるってことじゃない。萌奈がそんな暗い思考だと、よくなるものもよくならないよ」

お弁当箱を指さして望海は続ける。

「壱星のこと心配してもいいよ。でもそのせいで萌奈が病気になるのは違うでしょ。ほら、ご飯食べちゃいなさい」

「うん」

ウインナーを口に運ぶと涙の味がした。

そうだよね。私がしっかりしないと……。

決意を胸に顔をあげると、望海の斜め向こうに座る今井博香《いまいひろか》が見えた。うつむく博香の長い髪の間から見える顔は、真っ青だ。

「え……博香？」

慌てて近寄ると、博香の呼吸が荒い。小柄な体が震えていて、苦しそうに目を閉じている。

「大丈夫？」

「…………」

こんなに冷えた教室なのに、額に細かい汗が浮かんでいる。

「ちょ、大丈夫？　あたし、保健委員探してくる」

ダッシュで駆《か》けていく望海。でも、このまま待っていても仕方ない。

「一緒に保健室に行こう」

「……いい」

「よくないよ。ほら、立てる？」

肩を貸そうとするけれど、博香は首を横に振るだけでうつむいてしまう。

「私のことは放っておいて」

小声でそう言ったあと、また苦しげに息を漏らす。

そんなこと言われても放っておけないよ。

誰かに助けてもらおうと思い周りを見ても、みんな距離を取って私たちを見ている。

それは、また博香に拒否されるのが怖いからだとわかる。

そう、博香は前とは変わってしまった。

博香はクラスメイトのお姉さん的存在だった。元気で明るくて、相談にもしっかり乗って的確なアドバイスをくれる。

それが夏ごろから、誰ともしゃべらなくなってしまったのだ。

いつも机とにらめっこをし、放課後はダッシュで帰ってしまう。話しかけてもあいまいな返事をして机に伏せていることが多くなった。

そして、たまに今のようにうまく呼吸ができなくなる。

保健委員の子が教えてくれたのは〝パニック発作〟という病気の名前だった。診断されたわけじゃなく、保健の先生が言っていたそうだ。

「博香、保健室に行こうよ」

何度目かの声かけにも答えてくれず、博香は机に突っ伏している。長い髪が机に広がり、もう表情は見えない。

だんだんと落ち着いたのか、呼吸は少しずつおさまってきているのがわかった。

いったい博香になにが起きたのだろう……。

〝親が離婚した〟というクラスのウワサを私は信じていない。駅前で博香が家族と一緒にいるところを見かけたことがあったから。それもつい最近の話だ。

博香はランドセルを背負った妹さんと手をつなぎ、両親と四人でレストランに入っていった。学校では見せない笑顔が咲いていたのを覚えている。

……だとしたら、学校でなにかイヤなことがあったのかな。

うちのクラスはみんな仲がいいし、いじめは絶対にないって断言できる。いや、絶対はないだろうけど、少なくとも私が見ている限りそういうことはない。

――ガタッ。

教室の扉が開く音がしてふり返ると、高谷先生が入ってくるところだった。

ホッとする私に、高谷先生は固い表情のまま近づいてくると、

「中根、ちょっといいか」

なぜか私の名前を呼んだ。

「違うんです。博香の具合が悪くって……」

「中根」

もう一度私の名前を呼ぶ声は、かすかに震えていた。

教室がしんと静まり返り、机に突っ伏していた博香もゆっくりと顔をあげた。

「すぐに駒田の入院している病院へ行きなさい」

スグニ――ビョウイン――ナサイ。

なにを言っているのかわからずにぽかんと口が開いてしまう。

「え……？　あの、なにを――」

「駒田のお母さんが呼んでいる。いいからすぐに……行ってあげなさい」

チャイムの音がいつもより大きく響いた。

それは悲しみのはじまりを告げるように、心の奥を激しく揺さぶった。

どうやって病院まで来たのかわからない。

手に握られているレシートに気づいたのは、受付に着いたときだった。バスを待つことができず、タクシーに飛び乗った記憶がある。

小銭がバラバラと床にこぼれ、近くにいた人が拾ってくれた。

お礼を言うことも、受付の人に尋ねることもできないまま、負けそうな気持ちを必死で奮い起こした。

……違う。きっと壱星は大丈夫なはず。

「あの、どうかされましたか？」

受付にいた女性が立ちあがった。

「熱があるようでしたら外にある特設テントへ移動してください。お見舞いでしたらこちらにお名前等のご記入をお願いします」

そこで、私はなんて答えた？

わからない……なにもわからない。

ぴちゃん、ぴちゃん、ぴちゃん。聞きたくない音が頭のなかでずっとしている。

次に覚えているのはエレベーターに乗ったこと。

看護師さんに案内され、いちばん奥の部屋に入るように言われたこと。

「萌奈ちゃん」

ドアを開けると壱星のおばさんがいた。奥にはうつむいているおじさんも。

おばさんは、いつもの豪快な朗らかさもなくハンカチで涙を拭っている。

「ごめんなさい。学校にまで連絡をして」

おばさんはなにを謝っているの？　どうしてそんなに泣いているの？

「おばさん、あの……」

「どうしたらいいのか……わからないの。わからないの……」

大丈夫だよ。それよりも壱星はどこにいるの？

足を進めると、個室の中央にあるベッドの上に壱星はいた。

脇にある機械はどれも電源が落とされている。

「……壱星？」

表情を見たいのに、壱星の顔には白い布がかけられていた。

おばさんの泣き声が聞こえるなか、病室が暗く色を落としていく。

薄手の布団から出ている腕を握ると、氷のように冷たかった。

「急変したの。あっという間だったのよ。苦しむ様子もなく静かに……」

そこまで言うと、おばさんは「うう」と口のなかでうめいた。

「それって……どういう……。あ、あの壱星は……」

かすれる自分の声が遠くに聞こえる。おばさんは涙をこらえて絞り出すように「ええ」とうなずいた。

「亡くなったの。壱星は亡くなったのよ」

「え……」

膝に痛みが走り、頬にひんやりした感触が続いた。

床に倒れたんだってわかっても体に力が入らない。

私の名前を呼ぶ声が聞こえる。

壱星、どこにいるの？　ねえ、いったいなにが起きたの？

なにかが割れる音が頭のなかで響いた。

ああ、心のグラスはあふれる前に割れてしまったんだ。

砕《くだ》け散ったグラスの破片が胸に突き刺さっているみたいで、息がうまく吸えない。

壱星、ねえ……こんなのウソだよね？

やがて視界が黒色に染まり、世界は闇に落ちていった。

第二章　流星群に願うこと

壱星と出会ったのは、中学二年生のこと。

入学したときから違うクラスにいることは知っていたけれど、顔を見かけたくらいで名前は知らなかった。

あれは忘れもしない二年生の始業式の朝。寝ぼけまなこで眺めるテレビのニュースでは、桜が満開だと報じていた。

この町にもたくさん桜の木はあるけれど、駅とバスロータリーの間にあるベンチと桜の木は前々から気になっていた。

はじめたばかりのインスタにアップするならあの桜の木しかない。一度浮かんだ考えは、どんどん強くなっていった。

通学方向とは違うけれど、急いで支度をすれば間に合うだろう。史上最速で準備をし、家を飛び出した。

周りの子がみんなインスタをやっている流れで私もはじめたけれど、〝いいね！〟は数件のみ。フォロワーは〝相互フォロー100%〟という人たちのおかげで五十人くらいにはなっていた。

投稿するのは気が向いたときくらい。それも自分の写真は絶対に載せないとルールを決めていたので、友達と撮った写真は一枚もアップしていなかった。外食の機会も少ないし家ではあまり料理もしないため、必然的に風景の写真ばかりになっていた。

ベンチに座り桜を撮影してみるが、あいにくの曇り空のせいで暗ぼったい写真になってしまった。何度撮り直しても同じ。

今日はクラス替えもあるし、なるべく早く登校したいのに。

「ああ、もうなんでうまく撮れないの」

大きめのひとり言だった、と今になれば思う。

「構図がよくない」

突然耳元で聞こえた声に驚き、短い悲鳴をあげてしまった。

見ると、少し長めの前髪を風に泳がせた彼が立っていた。朝日が顔に当たり、頬がつるんとしている。

「あ……え？」

「写真の撮りかたを知りたいんじゃないの？」

きょとんとした顔に、ようやく同じ制服を着ていることに気づいた。

「三組の……？」

「駒田壱星」

コマダイッセイ？　あ、自己紹介してくれたんだ。

緊張のあまり理解するのに時間がかかってしまった。

「中根萌奈です。一組です。……でした」

モゴモゴと口ごもっていると、急に壱星は「あ」とこぶしを口元に当てた。

「ごめん。俺、写真が好きでさ……余計なこと言ったよな」

「そんなこと……」

残る驚きと、新たに生まれた緊張のせいでうまくしゃべれない。これではいけない、とお腹に力を入れた。

「そんなことないです。あの、インスタ用の写真を撮ってて……」

スマホを見せると、壱星はひょいと私の手からそれを奪った。驚きのあまりぽかんと見ていることしかできない。

「今のスマホはすごいよな。カメラの画質とかヤバいし。桜？」

「え？」

聞き返してすぐに、壱星の言わんとしていることがわかり、何度も首を縦に振る。

「桜の写真を撮りたくて……」

「こっちにおいで」

桜の木のそばまで行くと、壱星はスマホを構えた。

「ここにマクロボタンがあるだろ。光量も少しあげる。逆光に注意してこっちの方向から撮るんだ」

私にわかるようにゆっくりとした口調で説明し、シャッターボタンを壱星は押した。

その瞬間、なにかが動きだした感覚があったことを今でも覚えている。

実際は緊張しすぎて、話の半分も頭に入っていなかったけれど。

スマホの画面に映っているのは、花びらにピントがあった写真。木々の合い間から薄い朝日が漏れている。

「キレイ……」

「こういう感じでアップすれば目立つよ。ハッシュタグは少なめに」

「あ、はい」

スマホを私の手のひらに置くと、壱星はなにも言わずに学校があるほうへ歩きだす。

一瞬のようで長い時間に思えた。

彼に改めてお礼を言えたのは三十分後、同じクラスになったとわかったときだった。

その日アップした桜の写真は過去最高どころか、軽くバズったと言ってもいいほどの〝いいね！〟がついた。

目が覚めると同時に、ここがどこかわからなくなる。

「夢……」

つぶやくと同時にあたたかい気持ちが胸に押し寄せた。けれど、それは秒で悲しみ色に塗り替えられていく。

まだあの日の夢のなかにいたい。そう思うことで、現実世界に戻ってきたことをイヤでも実感してしまう。

天井の模様をぼんやりと眺めた。

この世界のどこを探しても壱星はいない。二度と会うことができない。

その事実を何度も自分に言い聞かせる。

割れたグラスのかけらを集めても、もうもとには戻らない。

ゆっくりとベッドから体を起こした。

あれから何日が過ぎたのだろう。カレンダーは十一月のページに変わり、朝晩は急に冷えこむようになった。

不思議と壱星がいなくなってから一度も涙は出ていない。感覚がマヒしたみたいに、お通夜もお葬式も気がつけば終わっていた。

しばらく休んだあとは学校にも行けているし友達とも話せている。

彼がいなくても毎日は進んでいく。それを当たり前のことだと思いたくない自分と、早く月日が流れることを願う自分が混在している。

充電していたスマホを開き、インスタ用のフォルダを開く。ずらりと並ぶ写真たちは、いつか壱星と行きたかった場所。そして、もう二度と行けない場所。

きっとひとり訪れるたびに悲しくなるだろうから。

あれからも写真は撮り続けている。彼に届くようにアップしても、彼からのコメントだけはないまま。

わかってる、わかってるよ。

それでもインスタにあげるのをやめられない私は、現実から逃げているだけなの？

時計を見ると朝の六時になろうかというところ。すっかり目が覚めてしまった。

制服に着替えて一階におりると、お兄ちゃんがミルでコーヒー豆を挽《ひ》いていた。工事現場みたいな音が朝の空気を切り裂いているようだ。

「おはよう。萌奈もコーヒー飲む？」

「いらない」

「目が覚めるから飲めって。ブルーマウンテンの濃いやつを淹《い》れてやっから」

「いらない」

もう一度言い、朝食用のパンをトースターに放りこんだ。

「お父さんは？」

「出張って言ったろ。案外デートなのかもしれないけどな」

「デートはありえない。今でもお母さんのこと大好きじゃん」

「まあそうだろうなあ。でも、そろそろ親父も自分の人生を楽しんでほしいけど」

豆を挽き終わると、ふわりと香ばしい香りが漂ってきた。

「自分の人生って?」

マーガリンを冷蔵庫から取り出す。オレンジジュースのパックを手に取りかけて、やめた。

「お袋が亡くなってからもうすぐ八年だぞ。そろそろ好きな人くらいいてもいいと思う。第一、今のままだとお袋があの世で心配してるだろうし」

そんなの絵空事だ。亡くなった人を都合のいいように使っているだけ。だって私の人生に壱星はまだ必要だし、彼もそう思ってくれているはず。

でも……お兄ちゃんなりに、私やお父さんのことを心配してくれているんだろうな。

「コーヒー飲めよ。今日の顔、めっちゃブスだから」

せっかくやさしい気持ちになれたのに、本当にデリカシーがない。まあ、これがお兄ちゃんの平常運転なのだろう。

腫れ物に触るような態度を取られるのもイヤだし、気にしてない感じも悲しい。

私っていつからこんなにわがままになったのだろう。

私を覆っている悲しみを拭い去りたくて、でもできなくて……。

「やっぱりコーヒーもらう」

「それでいい」

満足そうにうなずいたお兄ちゃんは、白い陶器でできたドリッパーにペーパーフィルターをセットした。砕いた豆を山の形で入れ、やかんのお湯をゆっくり円を描くように少しずつ注いでいく。コーヒーの香りがさっきよりも強く鼻腔《びこう》をくすぐった。

たっぷり時間をかけて淹れたコーヒーは濃くて、たしかに目が覚める。

向かい側の席に座ったお兄ちゃんが、「あのさ」と言った。

「ムリしてないか？」

「ムリって？」

お兄ちゃんはしばらく静止したのち、ため息をついた。

「学校、もう少し休んだっていいんだぞ」

「さっきは違うこと言ってなかったっけ」

「あれは親父の話。萌奈はまだつらいだろ。今はムリして日常に戻らなくてもいいと思う」

やっぱりお兄ちゃんはやさしい。

壱星の病気が発覚してから、お兄ちゃんとの距離は近くなっている。インスタ用の写真を撮るための遠出も、イヤな顔ひとつ見せずに協力してくれたよね。

「大丈夫。むしろひとりでいるほうがつらくなるし」

湯気を立てているコーヒーの写真を撮った。

しばらくの沈黙のあと、お兄ちゃんはコトリとマグカップを置いた。

「〝バビルサの牙《きば》〟って知ってる？」

「バビルサ？　なにそれ」

「イノシシとかブタみたいな見た目の動物。お前に似てる」

ニヤリと笑ってすぐに「いや、牙が似てるってこと」と、お兄ちゃんは訂正をした。

スマホで検索するとすぐに茶色い動物の写真がヒットした。たしかにイノシシとブタの中間って感じの動物だ。特徴的なのは目と鼻の間に二本の角が伸びていること。

お兄ちゃんに見せると、角のあたりを指さした。

「角に見えているのは犬歯が発達して牙になったもの。成長すると内側にカーブを描いて自分に向かって牙が伸びてくるんだ」

「へぇ」

なにを言いたいのかわからずうなずいてコーヒーを口に運んだ。

「バビルサの牙はやがて自分を傷つけ死に至る、と言われている。実際はそんなことはほぼなくて、脳を突き破る前にカーブして蚊《か》取り線香みたいな形になるんだけどな」

「それのどこが私と似てるの？」

マグカップを置いて尋ねると、お兄ちゃんは「いや」と言った。

「萌奈はやさしいから、誰のことも責めない。代わりに自分を無意識に責めてるだろ？」

「そんなこと——」

「うるさい。今は黙って聞け」

ピシャリと制したあと、お兄ちゃんは目線を天井あたりに向けた。

「お袋もそうだった。なにが起きても誰かのことを責めたりしなかった。自分が悪い、って思うような人だった」

私にはないお母さんの記憶。うなずく私にお兄ちゃんは私に人差し指を向けてくる。

「冷たい言いかただけど、悲しいことがあったときは悲しめばいい。我慢して笑わなくても元気にしなくたっていいんだよ」

「私……ムリしてるように見える？」

「見えるから言ってる」

そう言うと、お兄ちゃんは首を静かに横に振った。

「この世にはどうしようもないことがある。受け止めたフリで自分を責めるくらいなら泣け。今すぐ泣け」

その言いかたがなんだか笑えてしまった。

「泣けないし。でも……お兄ちゃんが言っていること、なんとなくわかる」

「ああ」

「あのね……ずっと頭のなかにグラスがあったの。そこに水が溜まっていく感覚。壱星が亡くなって割れたはずなのに、まだ水が止まらないの」

ぴちゃんぴちゃん。しずくは今も音を立てている。

このモヤモヤした感情は、いつかバビルサの牙のように私自身を傷つけるのだろうか。だとしても、私は抵抗する術《すべ》を知らない。

「気をつけるね。ありがとう」

そう言うと、少し鼻の頭がツンとした。泣けるのかな？と思っている間にその感覚は消えてしまう。

「壱星くんとの約束って覚えてる？」

お兄ちゃんが思い出したように尋ねた。

「約束？」

「そう、約束」

お兄ちゃんが自分のスマホを開いて見せてきた。画面にはＬＩＮＥのトークが表示されている。

トークの相手は、壱星だった。アイコンが夕焼けの写真だからすぐにわかった。朱色の空にひとつだけ星が光っている。

『一番星が俺の名前だからさ』って教えてくれたよね。

壱星は星になったのかな。このごろはうつむいてばかりで、空なんてちっとも見ていない。

「……萌奈？」

またぼんやりしていたみたい。慌ててスマホを受け取りメッセージを見る。そこには彼が送ったメッセージが並んであった。

【萌奈に伝えてほしいことがあります。お願いできますか？】

「え……なにこれ」

胸がドキンと大きな音を立てた。

【約束ごとを書きますので、俺が死んだあと萌奈が落ち着いたら見せてやってください。】

壱星はお兄ちゃんには常に敬語で話をしていた。ＬＩＮＥでも丁寧な言葉を選んで句読点も打っている。

でも、〝約束〟ってなんのことだろう。

次の文章に目をやる。

【萌奈へ。十一月十四日、この町で流星群が見られる。流星群に願いごとをしてほしい。子どもじみてると思うけれど大事なことだから。】

お兄ちゃんは【ＯＫ。伝えるよ。】とだけ返信していた。

「ああ……」

壱星の部屋でも同じようなことを言っていた気がする。受け入れられず、私は言葉を途中で遮ったんだ。そのあと壱星から再発したことを告げられた……。

願いごとってなんのことだろう。思い出そうとするけれど、あれが生きている壱星に最後に会った日。悲しみが大きすぎて、記憶を辿るのが苦しい。

「今日はコーヒーも飲んでくれたし、伝えるチャンスかなって」

「……そう」

「壱星くんは流星群に期待してるみたいだけど、今回は遠くにチラッと見える程度らしい。でも、せっかくだから願ってみたら？」

今日は十一日の金曜日だから、あと三日後のことなんだ。気がつかないうちに時間が過ぎていた。そういえばクラスでも流星群の話題は日に日に増えている気がする。

「親父んとこの天文台は、怖い上司のお達しで通行止めにするってさ」

「そんなこと言ってたね」

コーヒーを飲んでからインスタにアップする。

苦さは悲しみに似ている。〝苦しい〟と〝苦い〟が同じ漢字だからかもしれない。自分に向かって牙が伸びるバビルサと、どっちが悲しいのだろうか。

#朝のコーヒー　#ブルーマウンテン　#バビルサの牙

今朝は珍しく望海が寝坊して、親に送ってきてもらうらしい。

私ひとりでバスに乗ったけれど、悲しみのなかで会話を続けるよりも、少しだけホッとしながら登校した。

「ねね、萌奈。流星群、一緒に見に行こうよ」

遅れること十分、ダッシュで教室に駆けこんできた望海は、そう言った。

さっきお兄ちゃんと話をしたところだったから驚いてしまう。

クラスメイトはまだ半分くらいしか登校していない。

望海は私が聞いていないと思ったのか、前の席の椅子に腰をおろすと顔を近づけてきた。

「クラスの子もけっこう見に行くみたいだよ。萌奈のお父さんが働いている天文台は通行止めになるんでしょ？　でも大丈夫。駒ヶ岳のロープウェイが運行してくれるんだって」

「へえ……」

「へえ、って他人事《ひとごと》みたいに。せっかくだから行こうよ」

壱星は私になにを約束させたかったのだろう。息苦しさを覚える私に気づかず、望海はスマホでロープウェイの時間を調べだしている。

壱星の部屋での会話、静かな空間、ヤセた壱星、病室の窓から見える小さな空、消毒液のにおい……。

「あっ」

思わず口にしてしまい、ギュッと口を閉じる。そんな私に気づくことなく、望海は時刻表をノートに書き留めている。

『俺が死んだらさ、流星群に願ってほしいんだ』

天井を眺めながらさみしげに言う壱星を思い出す。そのあと、なにか言っていたような気がする……。

『もう一度会いたいって願えば奇跡が――』

ああ、そうだった。お兄ちゃんにLINEを見せてもらうまで、すっかり記憶の底にしまっていた。

会いたいって願えば……かなえてくれるの？

いつの間にか握りしめていたこぶしから力を抜く。

――そんなことが現実に起きるわけがない。

わかっているけれど、もしかしてと思う自分を抑えられない。

「ねえ、望海」

「えとね、ちょっと待って。ロープウェイだけど予約が必要みたい。どうしようか」

「それよりさ、教えてほしいことがあるの」

「なに？」

「流星群には……なにか秘密があったりする？」

眉間の間にシワを寄せる望海にもどかしい気持ちを我慢して続ける。

「言い伝えみたいな感じ。たとえば、流星群に願ったら奇跡が起きるみたいな——」

——ガタッ。

音のほうへ顔を向けると、博香が驚いた顔で私を見つめていた。まるで幽霊でも見てしまったような怖い顔だった。

目が合っていたのは三秒もないくらい。すぐにバッと机に顔を伏せてしまった。望海は博香の様子に気づかず、ズイと私に寄ってきた。

「流れ星に願いごとをするってのは昔からあるよね。そっか、流星群だとその何倍もの願いごとをかなえてくれそうだよね。萌奈、いいこと言うじゃん」

キラキラした目で見つめる望海にあいまいにうなずく。

「てことで、萌奈も参加するのは決定ね。楽しみだね」

「なになに、流星群の話？」

登校してきたセリがカバンを肩にかけたまま話に加わってきた。

「別にあんたに話してるわけじゃないし。関係ないでしょ」

昔から望海はセリに手厳しい。

「そんなこと言っていいのかな？　今回の流星群の見られる場所って知ってる？」

「駒ヶ岳でしょ。今、ロープウェイの時間調べてるんだからジャマしないで」

ふんふん、とうなずいたセリがもう一歩前に出た。

「ロープウェイの予約券はとっくに売り切れちゃったみたいだけど？」

「えっ、ウソ⁉　うわ、ほんとだ。完売ってなってて購入ボタンが押せない！」

悲鳴混じりに声をあげた望海に、周りのクラスメイトも何事かと近寄ってきた。

あきらめたのだろう、望海はスマホを放り出すと鼻から息を吐いた。

「でもそのことと、セリの態度のでかさにどういう関係があるのよ。女子トークに口出さないでよね」

慣れっこなのか、セリは「あ、そう」と言ってから一枚のチラシを私たちの間にすべらせた。

【おうし座流星群を駒ヶ岳で見よう】

大きな見出しと一緒に写っているのは駒ヶ岳ロープウェイだ。

「近所に住んでるツレの親がここで働いててさ、特別に臨時便を出してくれるんだってさ。しかも友人割引の特別価格で」

「臨時……割引……。待って、それってすごい」

チラシを覗きこむ望海の目が大きく見開いた。

「でも、僕には関係ない話だもんねぇ」

さらりとチラシを奪い取るセリに、望海は「違う！」と慌てて立ちあがった。

「神様仏様、芹澤様！　どうかわたくしと萌奈のためにお席をお譲りくださいませ！」

両手を合わせて祈る望海。

セリはもったいつけるように間を置いたあと、なぜか私を見てくる。

「特別に手配してあげよう。ただし、これは萌奈のためだからな」

「さすがはセリ。『縁の下の力持ち』『鬼に金棒』『遠くの親戚より近くの他人』だね」

ことわざを連呼する望海に、教室のなかに笑いが起きた。

あ……私も笑っている。

そんな自分にホッとしている半面、罪悪感のような感情もこみあがってくる。

「ねえ博香、せっかくだから一緒に行かない？」

大きな声で望海が声をかけるけれど、博香は首を横に振ると席を立ってしまった。

「ほかにも流星群を見に行きたい人いたら僕に言ってよ」

セリの声に何名か集まってくる。盛りあがるみんなの向こうで、博香がひとり教室から出ていくのが見えた。

話しかけたくても、私にはそれをするだけの力がない。今、目の前のことをこなすだけで精一杯だから。

「やったね。たくさん願いごとをしようね」

うれしそうな望海にうなずく自分を、どこか遠くで見ている気分だった。

バスをおりると、空には夕焼けを押しつぶすような紺色が広がっていた。秋の日暮れは早足で、間もなく夜が訪れる。ううん、もう季節は冬なのかもしれない。

本当はすぐに帰るはずだったのに、高谷先生に職員室に呼ばれてこの時間になってしまった。特に用があったわけじゃなく、私が元気かどうかを確認したかったとのこと。

壱星の話を避けながら私を笑顔にするゲームは続く。今のところ、ちゃんと笑えている……と思う。

駅前のベンチで足を止めた。枯れ葉がくるくる足元でダンスをしている。

スマホを取り出す。空の写真を撮ろうとレンズを空に向け、やっぱりやめる。

「インスタ、やめようかな……」

自分が投稿した写真の一覧を見てみる。〝いいね！〟が多いのは壱星が撮ってくれたりアドバイスをくれた写真ばかり。

たくさんの〝いいね！〟をもらうよりも、壱星にいつか行きたいと思ってもらいたかった。

壱星が消えてしまった今、続ける理由なんてひとつもないだろう。

それにしても、壱星がお兄ちゃんに託したメッセージは本当のことなのかな。流星群が奇跡を運んでくるなんてありえるの？

ふう、とため息をつけば息が少しだけ白い。

本格的に季節が変われば、混乱している気持ちが少しでも落ち着くのだろうか。

「……このままでいいよ」

と、言葉を逃がした。

考えるたびに痛む胸にも慣れ、やがてなにも感じなくなるのなら、私は今のまま悲しみを抱えて生きたい。

割れたグラスのかけらを拾い集めて眺めていれば、どんなに悲しくても壱星を近くに感じられるから。

涙が出なくなった私は、ひょっとしたらこわれてしまったのかもしれない。

でも大丈夫。今みたいに普通に笑っていれば、みんなにも心配をかけずに済むだろうし……。悲しみを見せてしまったら、誰かに迷惑をかけることになる。そんなことはしたくないから。

お兄ちゃんはバビルサの牙にならないように、と言っていた。周りのみんなも私を心配してくれている。

元気になりたい気持ちの反面、この悲しみの海に漂っていたいとも思う。

自分の牙でダメになるなら、それも運命なのかもしれない。

いつの間にかうつむいていた顔をあげると、同じ制服を着た生徒が向こうから歩いてくるのが見えた。

それは、博香だった。前にもここで家族でいるところを見たっけ……。隣で手をつないでいる妹さんは小学三年生くらい。

妹さんがなにか言うと、博香はおかしそうに口を開けて笑っている。

クラスでは笑わなくなった博香。彼女もなにか悲しいことがあったのだろうか。

もうすぐすれ違うという場所まで来たところで、博香が私に気づき足を止めた。

「お姉ちゃん、どうしたの？」

妹さんの声も聞こえていない様子で、また幽霊でも見るような目で私を見てくる。

そういえば今日の昼休みのときの博香もヘンだった。

これ以上立ち止まってお見合いをしているのもおかしいので、私は笑みを顔に貼りつけて自分から近づくことにした。

「博香」

「……萌奈」

「高谷先生に呼ばれたせいでこんな時間になっちゃった。お腹すいちゃったよ」

「……そう」

　ぎこちない会話だけど、久しぶりにちゃんと話ができている。妹さんに視線を移すと、大きな瞳で私を見あげている。口元が博香にそっくり。

「こんにちは。お姉ちゃんと同じクラスの中根萌奈です」

「知ってるよ。あのね、前にお姉ちゃんが話してたから。萌奈ちゃんには彼氏がいるんだよね」

　あどけない声に「こら」と博香が慌てている。

「そういうこと言わないの。失礼でしょ」

「えーどうして？」

「どうしても。あ……ごめんね」

　申し訳なさそうに謝る博香に首を横に振った。

「全然大丈夫だよ」

「この子、そういうことに興味あるみたいで。ほんと、口だけは達者なんだから」

　ああ、となつかしくなる。夏前まで博香と普通にしゃべっていたことを思い出す。

「お姉ちゃんね、私を迎えに来てくれたの。別にひとりでも帰れるのにさ」

「そうなんだ」

「えっとね、紫依乃《しいの》です」

「え？」

きょとんとする私に、妹さんはスカートのポケットからなにかを取り出して見せてきた。それは電車の定期券だった。

「今井紫依乃。漢字がすごくすごく難しいの」

自分の名前が書かれている文字を指さしている。

よく見ると、紫依乃ちゃんは隣町の私立小学校の制服を着ていた。

「すごくかわいい名前だね」

「でしょ」

得意げにアゴをあげた紫依乃ちゃん。

授業が終わると同時に博香が帰る理由がわかった。おそらくお母さんの代わりに迎えに行くとか、そういうことなのだろう。

近くにある電灯に音もなく明かりがついた。同時に、博香の表情が曇る。

「ごめん。もう……行かなきゃ」

「あ、うん」

さっきまでの口調と違い、なにかに怯《おび》えたような低い声が気になる。

紫依乃ちゃんは「えー」と不満げな声をあげた。

「もっと萌奈ちゃんとお話するの」

「ダメ」

ピシャリと言ったあと、博香は迷ったように私を見た。

「あの……ね、月曜日」

「月曜日？」

うなずいたあと、博香は恐る恐る口を開いた。

「流星群、見に行くの？」

そうだった。今日も流星群の話をしていたら、博香の様子がおかしくなったんだ。

前のときはどうだったっけ……。

「行くつもりだけどどうして？」

「………」

「博香も行く？　せっかくセリが――」

「あっ」と、博香は言葉をかぶせたかと思うと、サッと顔を伏せた。

「なんでもない。じゃあ、またね」

紫依乃ちゃんの腕をつかんで歩きだす。

「萌奈ちゃんバイバイ」

「バイバイ」

手を振りながらふたりを見送った。

最後はぎこちなくなったけれど、久しぶりに博香と話せたうれしさのほうが強い。

帰り道は少しだけ気持ちが軽くなっていた。

駒ヶ岳ロープウェイの駅は、予想以上に混み合っていた。

「すげぇ人の波だな。車を停めるのも厳しそう」

車の運転席でお兄ちゃんがうんざりした声で言った。

学校帰りに拾ってもらい、望海とふたり送ってもらうことになっていたけれど、コンビニに寄ったり駅のトイレで着替えていたせいで遅くなってしまった。

しらび平《だいら》駅と書かれた白と茶色の建物から長い行列が駐車場まで続いている。最後に来たときは閑散としていたから、そのギャップに驚くばかり。

後部座席で荷物をまとめていると、隣に座る望海が「あの〜」とお兄ちゃんに声をかけた。

「麻弥さんも一緒に行くんですよね？」

いつもよりワンオクターブ高い声に思わず苦笑する。

「ああ、俺はいいや」

「行かないんですか!?」

「終わったら連絡して。どっかで時間つぶしてるから」

「そんなあ。一緒に行きましょうよ。あたし駐車場探しますから」

必死で提案する望海を無理やり車からおろし、乗り場まで引きずっていく。

望海の抵抗は激しかったけれど、乗車券が完売していることを伝えると、「そっかあ、忘れてた」と渋々納得してくれた。

それでも話題はずっとお兄ちゃんの話ばかりだ。

「ほんと、ステキだよね。そっけないところとかも、着飾らなくてかっこいい」

「あれは冷たいだけだから」

「短い言葉でもやさしさが伝わってくるよね」

「それも冷たいだけだから」

「だってこうやって送ってくれたんよ？　やさしい以外になにがあるのよ」

それは……望海の言う通りかもしれない。

あれ以来気を遣ってくれているのはイヤってほどわかっている。

これまではスルーしていたけれど、改めて考えれば望海がお兄ちゃんを想う気持ちも少しは理解できる気がした。

「まあ……たしかにやさしい面もあるよね」

「なによ気持ち悪い。急に麻弥さんを褒めないで」

じゃあどうしろと？　苦笑しながら乗り場のある建物へ向かうと、並んでいた人たちがゾロゾロと戻ってくるのが見えた。みんな口々に文句を言いながら車へと戻っていく。

「セリが言ってた通りだね。やっぱり完売してるんだよ」

望海が勝ち誇った顔で言った。

本数が限られているので、予約した人以外はほとんど乗ることができない。長い行列は当日券を求めて並んでいた人たちなのだろう。

「ああ、麻弥さんの車がもう見えない」

うしろをふり返る望海は、まだ名残惜しそう。

さっきは同意してしまったけれど、お兄ちゃんと望海がつき合うとなると話は別だ。親友の彼氏が身内だなんて想像しただけでややこしい。

お兄ちゃんは誰に対しても歯に衣着せぬことを言うからつき合ったとしてもうまくいかないだろうし、私と望海の関係もおかしくなってしまいそう。

つまり、なんとしてでも阻止しないといけない。

決意を胸に建物に入ると、なかには想像以上にたくさんの人がいた。セリとの待ち合わせ場所である売店へ進むけれど、すごい人の数だ。

「当日券は完売しました。チケットのある方は乗車時刻の十分前にお並びください」

くり返されるアナウンス。あきらめきれない人たちが係員に詰め寄っている。ようやく見つけたセリはまだ制服姿だった。

「ごめん、遅くなっちゃった」

人をかきわけ近づくと、セリはホッとしたような顔になる。

「この町にこんなに人が来るなんてすごいよね。はいこれチケット」

「ありがと。いくらだった？」

「あとでいいよ。もう並ばないと」

さっさと乗り場へと続く階段をのぼっていくセリに遅れないようについていく。乗り場に着くとチケットを見せてから列の最後尾に並んだ。便を増台しているおかげでそれほど並んではいない。

見ると、クラスの子もちらほら姿が見える。手を振り合ったり、話をしているうちにあっという間に順番が回ってきた。

クリーム色の箱に乗りこむと、満員電車くらい混み合っている。ドアが閉められるとガクンとした揺れとともに動きだすのがわかった。

中央あたりに押しこまれたせいで、外の景色はほとんど見えない。隣で望海はスマホのゲームをはじめてしまったので、わずかに見える暮れかけた空を眺めることにした。

ここにも以前お兄ちゃんと来たことがある。あのころはまだ壱星が生きてたんだよね……。

いつか一緒に行ける日を夢見て、何枚も写真を撮った。インスタも、壱星に見てもらえればそれでよかった。

自分にこんなに悲しいことが起きるなんて、ちょっと前までの私は知らずにいた。

いつまでも壱星のそばにいられると信じてきた。

それなのに……ひとりぼっちになっちゃった。

教室に、駅前に、街角に、今も壱星の思い出は散らばっているのに、もう二度と会えない。どんなに写真を撮っても壱星には届かない。

「私、インスタやめることにしたよ」

望海に言ってみるけれど、駒ヶ岳について説明するアナウンスと、ざわざわした車内では聞こえないらしくスマホから目を離さない。

十分ほどして、ロープウェイは千畳敷駅《せんじょうじき》に到着した。

「寒すぎる……」

さっきから望海はコートを体にぴったりと巻きつけて同じことばかり言っている。

私たちは千畳敷駅を見おろす遊歩道のはしっこに座っている。この先は立ち入り禁止のロープが張り巡らされており、夜のせいで少し先もよく見えない。

セリは男友達とどこか違う場所に行ってしまった。クラスメイトの女子たちも、どこにいるのか暗すぎてわからない。

「けっこう同じクラスの子、来てたね」

「そうだね。まあ、こんなこと滅多にないし」

さっきから望海はやけにそっけない。どうかしたのかな、と顔を見つめていると、

「やだ。見つめないでよ」

顔に手を当ててはしゃぎだした。気のせいか……。

人の顔色を気にする自分がイヤになるけど、たぶん一生変わらないんだろうな、とも思う。

千畳敷カールと呼ばれるすり鉢状の広い地は、東京ドーム何個分と説明したほうがよさそうなほどに広い。うしろには宝剣岳《ほうけんだけ》と呼ばれる山がそびえ立ち、ほかの山につながる登山ルートの出発点としても有名だ。

なだらかな傾斜のいたるところにたくさんの人が座り、流星群を今か今かと待っている。無数に光るスマホの明かりはまるで夜空の星。時折光るカメラのフラッシュは雷にも見えた。

空を見あげるとまぶしいほどの星が輝いていた。いつも見る星とは全然違う。まる

で世界中が星空になったみたい。

「おうし座流星群はあっちだね」

北の方角を指さしても、望海は体を縮こませて「そう」と言うだけ。ここに来たことを後悔しているような顔をしている。

売店で買った缶コーヒーを渡すと、カイロのように頬に当てて震えている。

「この駅って、日本《にほん》でいちばん高い場所にあるんだって」

「なるほど」

興味なさそうにうなずいた望海が、プルトップを開けた。

「きっと天国にもいちばん近い駅なんだろうね」

言うと同時に口を閉じた。せっかく流星群を見に来たのに、感傷的なことを言って心配させたくなかった。

体や心にまとわりついている悲しみを、これからも私は抱えて生きていくのだろうな。忘れたいけれど絶対忘れたくない。自分でもよくわからない感情を見ないフリすることにも、いつかは慣れるのかな……。

「インスタやめるって?」

コーヒーの湯気の向こうで、望海がポツリと言った。

「さっきの聞こえてたの?」

「まあね。続けたらいいじゃん。たまに軽くバズってるみたいだし」

「そうなんだけどね……。ま、考えておくよ」

スマホを夜空にかざしてみる。ナイトモードにしたって、この満天の星は切り取ることはできない。写真をあきらめ、ポケットにスマホをしまった。

「ねえ」と望海がつぶやくように言った。

「こないだ言ってたじゃん。流星群に願いごとをするって話」

穏やかな声で尋ねる望海に、「ああ」とうなずいた。

『俺が死んだらさ、流星群に願ってほしいんだ』

頭のなかで壱星の声が聞こえる。

「あれはいいの。だって、現実的じゃないし」

「じゃあ萌奈の現実ってなんなの？　今、どんなことを考えてる？」

「それは……ていうか、こんな話したくない」

へへ、と笑ってごまかして私も缶コーヒーを手にした。けれどその手を望海がギュッと握るから驚いてしまう。

「逃げないの」

「どうしたの？　なんか望海ヘンだよ。逃げてもいないし」

けれど望海は手を放してくれないどころか、さらに力をこめてくる。

「壱星が亡くなったこと、あたしたち以上に萌奈は苦しいよね。学校にもムリして来てるし、壱星の話をしたくないのはわかる」

「そんなこと……ないよ」

冷たい空気が私たちの間をすり抜けていく。

「あたしじゃ頼りないかな。萌奈を救いたいのに、なんにもできない。それが苦しくてたまらないんだよ」

びっくりした。暗がりのなかでも、その頬にこぼれる涙が見えたから。

「ちが……そうじゃなくて」

「ごめん。あたしよりも萌奈のほうが泣きたいのに」

泣きたい。泣きたい。泣きたい。泣けない。

まっすぐに気持ちを言葉にしてくれる望海にかける言葉も見つからない。こんなふうに思ってくれていることすら気づかなかった。

「あたしたち出会って、もうずいぶん経つんだよ。だから萌奈が悲しんでいること、イヤでもわかるんだよ。萌奈を元気にしたいんじゃない。友達だから、一緒に悲しみたい。でも、そんなこと言われても困るよね」

「………」

「余計なことを言ってごめん」

駅周辺の照明が弱くなった。もうすぐおうし座流星群が見られるのだろう。

すぐ隣にいるのに、望海の顔も輪郭しか見えなくなった。

そっか……望海にわからないわけないよね。知らないうちに自分の心にフタをしていたのかもしれない。ううん、フタをした上にカギまで閉めている。

たったひとつだけあったカギは、壱星が持ったまま。

「望海、少しだけ話をしてもいい？」

「もちろん」

まだ涙声の望海に、「あのね」と口を開くと、感情のフタが音を立てるのがわかった。自分でカギを開けなくちゃ……。

「私の毎日は……真っ暗になっちゃった」

「うん」

「なんにも見えないのに笑ってるの。話せているの。ご飯だって普通に食べられてるの」

ツンと抑えきれない感情に鼻が痛くなった。

「壱星と行きたい場所をインスタに載せてた。でも、今になってわかるの。そんなことよりも、もっと会いに行けばよかったって」

壱星はずっと待っててくれたのに、行かない選択をしたのは私。

「望海の言うように、私は逃げていたんだと思う。いつか来る最悪な出来事から逃げたくて、だけど逃げられなくて……」

声が潤んだと思ったら、あっけなく涙が頬にこぼれた。

「壱星がいなくなる日が怖かった。そんな日は来ないって言い聞かせてた。だけど、実際に起きた。そしたら、自分が自分でわからなくなったの」

バビルサの牙はどんどん自分に向かって伸びている。だったら早くその牙で刺されてしまいたい。こんな苦しみが続く毎日、耐えられないよ。

「もう私にはなんにも残ってないよ。壱星が、壱星が死んでしまった……から」

「萌奈」

ギュッと抱きしめられると、さらに涙が洪水みたいにあふれ出す。望海も声をあげて泣いている。

「話してくれてありがとう。いつでも聞く。いつだって駆けつける。だからなんにも残ってないなんて思わないで」

「うん。ごめんね、ごめんね」

望海、ごめん。お兄ちゃんもセリもごめんなさい。

でも……壱星じゃないとダメなの。夜空に星があるように、壱星がいないと世界はただの暗闇でしかないの。一歩も進めなくてうずくまるだけ。

急にどよめく声がいっせいに生まれた。

上を見あげると、いくつかの光が空を走っている。

「あれが……流星群？」

目をこらさないと見えないほどの流星だった。想像以上に遠くて小さいけれど、夜に線を描くように輝いている。ふいに、望海が私の腕を握った。

「萌奈、一度だけ本気で願ってみようよ」

壱星は言っていた。もう一度会いたいって願えば……。

空に目をやったままうなずく。

「わかった。願ってみる」

両手を強く握りしめて願った。

流星群が奇跡を起こすなら、どうかもう一度だけ壱星に会わせてください。

壱星を私に返してください。

涙で滲んだ流星が、夜空に光の弧を描いていた。

深夜の駅前は閑散としていた。

最終電車も終わり、いつものベンチはスポットライトのごとく丸い光に包まれていた。腰をおろし、バッグとコートを脇に置く。

ひとりになりたくて、お兄ちゃんが望海を送っていく間、ここで待つことにした。当然お兄ちゃんは『危ない』と反対したけれど、望海が助け船を出してくれたおかげでなんとか車からおりることができた。

私たちの物語はこの場所からはじまった。

あんなに見事に花を咲かせていた桜もその葉をすべて散り落とし、さみしそうに佇《たたず》んでいる。

「ああ……」

一度泣いてしまったせいで、さっきからすぐに涙があふれてしまう。

流星群はあのあとも夜空に流れていた。あまりにも遠くて小さくて、だけど目を奪われるほどの美しさがあった。

帰りのロープウェイで一緒になったセリを含めた男子たちは『期待外れ』とか『小規模すぎる』と文句を言っていたっけ。明日はその話題で盛りあがるだろう。

スマホを取り出し、桜の木を撮る。一枚、二枚と。

ハッシュタグはもういらない。アップしたら明日にでもインスタから退会するつもり。これから私は死んだように毎日を生きていこう。

やがて壱星がいる空へ私ものぼれるだろう。

二枚の写真を見比べていると、誰かがうしろに立つ気配がした。

「構図がよくない」

その声に「え？」とつぶやいてふり返る。

木《こ》枯《が》らしに髪を揺らせて立つ、にこやかな顔があった。

「ウソでしょう……」

目の前に立っているのは——壱星だった。

第三章　リスタート

目が覚めたとき、口から出た言葉は「夢か」だった。

スマホで時間を確認するとまだ六時過ぎ。昨日寝たのは夜中だったのでかなりの寝不足だろうに、不思議と目は冴《さ》えていた。

ああ、こんな夢を何度見るのだろう。無機質な日々をいくつ越えたら壱星のもとに旅立てるのだろう。

制服に着替えてリビングのドアを開くと、目の前にお父さんが立っていたから驚いてしまう。

「うわ。びっくりした」

「親の顔を見て驚く子どもがあるか」

大きなあくびをする顔に、トレードマークの無精ひげはいつもより濃い。髪もボサボサだし、スーツもヨレヨレ。

「ひょっとして、今帰ってきたところなの？」

「流星群の観察と分析のせいで徹夜だよ。仮眠してからまた出かける。お休み」

ゾンビのように体を左右に揺らしながらお父さんはリビングを出ていった。

そっか。あれは昨日の話だっけ……。

駒ヶ岳ロープウェイに乗って流星群を見た。帰り道で車をおりてインスタ用の写真を撮っていたら壱星が現れて……。

……あれ？　どこまでが現実でどこからが夢の話なんだろう？

寝不足のせいか頭がうまく動いてくれない。オレンジジュースをグラスに注いでいるうちに、少しずつ頭のなかがクリアになっていく。

そっと両手を開いてみる。

「そうだ……」

突然現れた壱星に泣きながら抱きついたんだ。感触がまだ残っている気がするけれど、やっぱり夢だったのかな。

なにか言ったあと、その場を去った壱星を追いかけたけれど見つからなくて……。

「そのあとはどうしたっけ？」

ああ、そうだ。望海にLINEをしたはず。

メッセージを送ったけれど返事がなくて、最後は電話をかけたんだ。

パニックになりながら、壱星に会ったことを伝える私に、望海は『そんなのありえない』ってすごく心配してくれたっけ……。

結局、『ベンチに座っているうちに眠ってしまって夢を見た』という結論を押しつけられて、渋々納得した……。

お兄ちゃんから電話が来て、ベンチのところに呼び戻されたときにはもう壱星の姿はなくて……。

「ああ、やっぱり夢なんだ……」

壱星に会いたい気持ちが大きすぎて、望海の言うように夢を見たのだろう。望海は心配しているだろうから、今日会ったら謝っておかないと。

でも……幸せな夢だった。

流星群がこういう夢を見せてくれるなら、毎晩でも見たいな。そのまま夢の住人になったっていい。

夜が来るのが待ち遠しかった。

昇降口で上靴に履き替えていると、

「ごめんごめん」

息を切らせた望海が駆けてきた。またしても寝坊したらしく親に送ってもらったそうだ。

「昨日は遅くなったもんね。親には怒られなかった？」

「なんとかね」

眠そうに望海は目をこすっている。そうだ、昨日のことを謝らないと……。

「あ、昨日はヘンなＬＩＮＥと電話しちゃってごめんね」

下駄箱に下靴をしまいながら言う私に、望海は「ん」と首をかしげてから、時間がないことに気づいたのか慌てて靴を履き替えた。

階段をのぼり、二階の廊下へ。今日も壱星のいない一日がはじまろうとしている。

「まさか外であんな夢を見るなんて笑えるよね。自分でもびっくり」

「夢？」

隣で望海はきょとんとしている。

「望海にまで迷惑かけちゃったね」

「迷惑なんてかけられてないよ」

「かけたよ。だって、壱星が急に現れるなんて――」

「ちょっと待って」

急に望海が足を止めると、私を窓際へ連れていった。

「さっきからなんの話をしてんの？」

これには私のほうが驚いてしまう。

「ゆうべ望海にLINEしたでしょ。そのあと電話もしたじゃん」

「誰が？　あたしと電話したってこと？」

どうしたのだろう。冗談かと思ったけれど、望海は真剣な顔をしている。

スマホを開き、LINEアプリを開いてみる。

「え……」

望海とのトーク画面に、昨夜のやり取りが表示されていない。

たしかに話をしたはずなのに、いったいどうして……？

スマホから望海に視線を移すと、ニヤニヤとした顔で私を見ていた。

「え、なに……？」

「萌奈はわかりやすすぎ。今日が楽しみすぎて眠れなかったんでしょ？」

「今日？」

流星群が来たのは昨日のこと。寝不足はたしかだけど、今日楽しみにしていることなんてなんにもない。

望海は「ふふん」と小鼻をふくらませた。

「大好きな恋人が久しぶりに学校に来るんだもん。そりゃ緊張するよねぇ」

大好きな恋人……？　ひょっとして壱星のことを言っているのだろうか。望海にしては悪質なジョークと言える。

「待って。望海、なんのことを言ってるの？」

「ごまかさなくてもいいんよ。あたしだってうれしいもん。って、あ！」

私の肩のうしろを見て大きな声を出した望海。ふり返ると、ちょうど階段をのぼってきた男子が見えた。

彼は……壱星は、私を見つけてニッコリほほ笑んだ。

トンと背中を押された。

「ほら、行っておいで。教室に入るとみんなに取られちゃうからさ」

けれど私の足は動いてくれない。ふり返ると、もう望海は教室に入っていくところだった。

もう一度、その顔を見る。やっぱり昨晩の出来事は夢じゃなかったんだ……。

窓からの風に揺れる前髪、やさしい目、涼し気な口元で笑うのは、やっぱり壱星だ。

「萌奈、おはよう」

その声に涙が一気にあふれた。

「壱星！」

ひと目もはばからず抱きつくと、壱星の香りがした。

「ウソでしょう。壱星、壱星！」

「ここにいるよ」

くぐもった声に、何度もこれも夢なの？と自分に問いかけてみる。夢ならどうか醒《さ》めないで。このまま壱星のそばにいさせて。

「どうして、壱星……ねえ、どうなってるの？　だって壱星はもう……」

止まらない嗚咽《おえつ》をこらえて尋ねると、壱星がやさしく私の体を離した。

「萌奈のおかげだよ」

「私の？」

「約束した通り、ちゃんと流星群に願ってくれたろ？」

頭のなかが混乱してうまく整理できない。胸の奥からうれしさと切なさがこみあがっている。

「じゃあ……流星群が壱星を帰してくれたの？」

「流星群が奇跡を運んでくれた。萌奈の願いをかなえてくれたんだよ」

願いがかなったなんて信じられないよ……。

ふと右側に気配を感じて目をやると、

「朝からお盛んですこと」

プククと笑うセリがいた。その首を壱星が長い左腕でガシッと抱き寄せた。

「セリ、久しぶり」

「久しぶりだね。って、なになに、朝からケンカでもしたわけ？　萌奈を泣かせるなんてひどいやつだ」

そう言いながら、セリはうれしそうに笑っている。

「泣かせてねーし」

うん、とうなずきながら自分の両腕をつねってみた。やっぱり夢じゃないんだ……。

「にしてもやっと退院できたんだな。もう体は治ったってことでいいんだよね？」

顔を覗きこんだあとセリは「顔色もよし」とうなずいた。

「ああ、すっかり元気だよ」

「ふたりでイチャつくのはあとでいくらでもできるからさ。うちらがどんだけ壱星の退院を待ってたと思ってんの。早く教室に行こうよ」

強引に連れていこうとするセリ。壱星が歩きながら口の動きだけで『ごめん』と言ったのでうなずいた。ふたりが教室に入ると大きな歓声が沸き起こっている。

「ああ……」

壱星が生きていた。もう一度会えたんだ……。

教室に足を踏み入れると、たくさんのクラスメイトに囲まれて笑っている壱星がいた。

席に着くとふたりの女子が駆け寄ってきた。

「おはよう。壱星くん退院できたんだね。おめでとう」

「萌奈めっちゃうれしそう」

あまりにもうれしそうに言うので、私までうれしくなってしまう。

「うん。ありがとう」

みんなのなかでは壱星は亡くなっておらず、最近退院したことになっているんだ。

昨夜の望海とのLINEもなかったことになっている。

——流星群が奇跡を運んできてくれたんだ。

「やっと萌奈の保護者が来てくれてあたしも安心だよ」

前の席でそんなことを言う望海。みんな、壱星のお葬式では声をあげて泣いていた。

そういう記憶はぜんぶ消えちゃったのかな……。

それでもいい。壱星がいてくれるならきっと毎日がまた輝きだすから。

輪のなかで笑っている壱星は、前のようにやつれた顔じゃない。こんなふうに友達と笑い合う壱星を見たかった。それがなによりもうれしいよ。

登校してきた博香がいぶかしげに、盛りあがっている教壇あたりを見た。

壱星に気づいた瞬間、博香は瞳を大きく見開いた。信じられないというような顔でしばらく壱星を見つめていたけれど、早足で自分の席に座るとうつむいてしまった。

まるで見てはいけないものでも見たような顔をしている。

気になって博香の席へさりげなく行くと、気配を察したのか驚いた顔で私を見た。

「あ……萌奈」

「博香、大丈夫？」

パッと見てわかるほどに顔色が悪い。しばらく黙ったあと、博香は「あのね」とつぶやくような小声で言った。

「うん」

「……ごめん。ちょっと待って」

自分でもどうしていいのかわからない。そんな感情が体からあふれているように見えた。

やがて、意を決したように博香は私の耳に顔を近づけた。

「駒田くんは……〝星の子〟なの？」

「え……〝星の子〟？」

初めて聞いた言葉だ。尋ね返す私に、博香はハッと口を閉ざした。

「〝星の子〟ってなんのこと？」

博香はチラッと教壇あたりに目をやってから、首を横に振った。

「どうかした？」

近くにいたセリが博香に問いかけると、もう首を垂れてしまっている。心配そうなセリと目が合った。

「ねえ、博香。具合悪いなら保健室行く？」

「あ、うん……」

ゆっくり立ちあがる博香の動きが途中で止まり、三人の間に奇妙な間が生まれた。

ふう、と息を吐いたあと、博香は薄く笑みを浮かべていた。

「ひとりで行けるから大丈夫。それより、駒田くんの退院祝いしてあげて」

「じゃあ僕が保健室に――」

名乗りをあげるセリに気づかずに、博香は教室を駆けるように出ていってしまう。

どうしたんだろう……。それに、さっき言っていた〝星の子〟ってなんのことだろう。

「ちょっと見てくる」

追いかけていくセリはきっと博香のことが好き。最近変わってしまった博香のことを心配していることは、言葉にしなくても伝わってくる。

「萌奈」

壱星が輪を抜けてこっちにやってきた。

「すごいな。みんな俺が生きているって信じてる」

「ちょ、大きな声で言わないで」

「大丈夫だよ。だってこんな非現実的なこと、誰も信じない」

教室を見渡す壱星の横顔を見ているだけで、涙がまた出てきそう。

壱星がそばにいてくれる。それだけで、まぶしい太陽の光に包まれているみたい。

「昨日はごめんな。俺もいきなりすぎてビックリしちゃって」

「ううん」

壱星が生き返ったことに比べたらなんでもないこと。

「……よかった」

「俺も」

「壱星は生き返ったってことでいいんだよね？」

壱星は「んー」と唇をとがらせたあと、

「俺にもわからない」

その言葉に、さっきまで晴れ渡っていた心に雨雲が訪れる。

これが夢なら……。ううん、現実に起きていることでも終わりが来たなら……。

「じゃあ、またいなくなることも……あるの？」

もう一度会いたいという願いがかなっただけでもうれしいことなのに、もう次の欲が生まれている。なんて贅沢《ぜいたく》なんだろう、私。

ポンと壱星の手が頭の上に置かれた。それだけのことでも、ジンとしたあたたかさを感じた。

「今、ここにいる俺を見てほしい」

そうだよね。明日なにが起きるかなんて誰にもわからない。実際、こんな今日が来ることなんて予想していなかったし。

壱星の言葉は、心にスッと染みわたる魔法みたい。

「うん」

笑顔でうなずく私に、壱星は同じようにほほ笑んでくれた。

こんなふうにまた笑い合える日がくるなんて思ってもいなかった。

「それに俺たちにはやるべきことがあるだろ？」

意味のわからない私に壱星は頭の上に置いていた手をどけると、自分のスマホを開いて見せてきた。そこには、まだ退会していない私のインスタ写真が並んでいた。

「俺が治ったら行きたい場所が山ほどあるって言ってたじゃん」

その言葉に胸が高鳴った。ふたりで行きたかった場所がこんなにあるんだよね。

「ここに行こう」

壱星がスマホを指さした。

「ここって、どの場所のこと？」

「できるならぜんぶ」

「ええ、ぜんぶ？」

「そうだよ」と当たり前のように言ったあと、壱星はいちばん下にある桜の花の写真を指さした。

「俺たちの出会いの場所からひとつずつ行ってみよう」

視点を壱星に移すと、私の大好きな笑顔が花火のように咲いていた。

十一月中旬の気温はまるでジェットコースター。

昼間あんなに暖かかったのに、ベンチに着くころには冬の風が頬を冷やしていた。秒ごとに気温が下がっている気がする。

この場所で壱星と出会い、そして昨晩再会できた。失ってしまったはずの壱星がなぜ現れたのかなんてどうでもいい。永遠にこの手では触れられないと思っていたから、うれしくて心がポカポカとあたたかい。

「長野の冬は寒いからなあ。そろそろコートを出さないと」

壱星は枯れた桜の枝を指先でなぞっている。

「そうだね」

「懐かしいな。ここで最初に萌奈に声をかけた」

「最初の言葉覚えてる？」

愚問だとすぐに気づく。昨晩も『構図が悪い』って同じ言葉で言われたよね。

苦い顔で笑うと、壱星は桜の木を見あげた。

「あれは失礼だったよな」

「おかげで知り合えたし、インスタも軽くバズったし。本当にありがとう」

「やけに素直だ」

それは壱星が戻ってきてくれたからだよ。いなくなってから本当は後悔の連続だった。もっと気持ちを言葉にすればよかった、って自分を責めた。

だから素直になることなんて怖くない。ちゃんと気持ちを伝えなくっちゃ。

……って、思うそばから口を閉じちゃってはいるけれど。

少しずつ、少しずつ言葉にしていこう。

「実はさ」と、壱星が鼻をかいた。

「声をかける前から萌奈のことは知ってた。ずっと話しかけるきっかけを探してたんだ」

「え、私もそうだよ」

名前も知らない壱星のことがずっと気になっていた。同じ気持ちだったなんて全然知らなかった。

ニヤニヤとしてしまう私に、壱星もうれしそうに笑った。

「インスタのフォロワーってどれくらいいるの？」

「今はえっと……四八三人かな」

「おお、増えたね」

うれしそうに笑ったあと、壱星は両腕を組んだ。

「そういえば、一眼レフってどうなった？　見つかったの？」

「探してないんだよね。でも、一眼レフは難易度が高すぎるよ。インスタにアップするならスマホのほうが便利でしょ」

お母さんの一眼レフは型が古く、さらにフィルムタイプと呼ばれるものだ。デジカメのように液晶画面もついていないし、現像するにはカメラ屋に持っていかなくてはならない。SNSにアップするには何段階ものステップを踏む必要があるだろう。

「今のスマホってなんでもできちゃうからなあ」

その言いかたがどこか残念そうに聞こえた。

「壱星はやたらフィルムカメラにこだわるよね」

元気だったころはよく家電ショップやリサイクルショップに出かけていた。私もつき合ったことがあるけれど、フィルムカメラばかり探していた記憶がある。

「だって自分がした設定がそのまま反映されるんだぜ。現像されるまでどんなふうに撮れているのかわかんないし、生の風景を切り取ってる感じがたまんないんだよ」

壱星が撮ったという写真も見せてもらったことがある。プリントされた写真はどれも美しかったけれど、私はすぐにプレビューで見たい派だった。

「なんだか年配の人と話をしてるみたい」

「うるせー」

こんな会話をよくしていたよね。なつかしさとうれしさにまた胸が熱くなってしまう。

「なあ、俺の写真撮ってみて」

「え？」

「たぶん、俺、写らないよ」

まさか、とスマホを覗くと、画面にはちゃんと壱星が映っている。

桜の木にスマホを向けて、壱星が見あげている構図で写真を撮った。

「あ……」

画面に映っているのは、桜の木だけだった。

スマホを覗きこんだ壱星が「やっぱり」とため息をつく。

「さっきスマホで自撮りしたんだけど、写らなかったから。ほかにもいろいろと変化はあったよ。ミニマリストみたいだった部屋が、前みたいに物であふれてたし」

「あのね、望海としたＬＩＮＥも消えてたんだよ」

そう言うと、「ああ」と壱星は目を伏せた。

「俺は退院して学校に戻ってきたことになってるから、その設定に合うように現実世界が変わったんだろうな。本当の俺はもうこの世にいないし」

「あ……うん」

ぎこちなくうなずく私に、壱星はため息をついた。

「一緒に写真撮れなくてごめんな」

ふたりでの写真を撮れないことよりも、壱星はもう前の彼ではないということが悲しくなる。でも私よりも壱星のほうが悲しいはず。

元気づけたくて、だけどかける言葉が見つからないまま首を横に振った。

結局こういう性格は変えられないんだ、とガッカリした。それを隠すためにまたムリして笑う。

まるで何重もの感情でコーティングしているみたい。

私の横に並ぶと、壱星が桜の木を指さした。

「もう一枚、インスタ用に撮ってみてよ。久しぶりにレクチャーするから」

明るい声にホッとした。スマホを構えて木の枝を撮ってみる。ピントも合っているし、春との差がよく表れている。

が、壱星はわざとらしくため息をついた。

「こういうときは、下から撮影すると木の大きさがわかるよ」

「前はアップのほうがいいって言ってたのに」

「あれは花が主役だから。今は枯れた木の大きさを出したほうがいい。ほら、貸して」

しゃがんだ壱星がスマホをいじくったあと、一回だけシャッターボタンを押した。

見ると木の全体が映っていて、その向こうには藍色の空が広がっている。

悔しいけれどいい写真だ。

「これが記念すべきリスタートの一枚目になるな」

満足そうな壱星。こんなにそばにいるのに、どこか不安な気持ちがある。

「もう一度質問していい？　私たちこれからも一緒にいられるの？」

学校で会ったとき、ちゃんと答えてくれなかったからずっと気になっていた。

「んー」と唇をとがらせたあと、あきらめたように壱星は私を見た。

「答えはNOみたい。ずっとここにはいられないんだ」

音もなく風が吹き抜け、体と心を冷やした。

「それは……いつまでのことなの？」

「俺もよくわからないんだけど、〝星が空に帰る日〟までっていう期限つきみたいでさ」

「どういう意味？　誰かに言われたの？」

「いや、そうじゃない」

「じゃあ、どうして期限があるってわかるの？」

「質問はおひとり様ひとつまででお願いします」

スマホをスカートのポケットにしまった。もう写真どころじゃない。

壱星が死んでからしばらくは泣けなかったのに、最近の私はすぐに泣いてしまう。

今だって、不安な気持ちは簡単に涙に変わろうとしている。

「萌奈」

私の名前を呼んだあと、壱星はうつむく私を抱きしめた。

「そんなに心配しないで。いきなりいなくなったりはしないから」

やっぱり彼の言葉は魔法のよう。私の不安や悲しみを簡単に消し、そこに希望という名の種を植えてくれる。

それでも、壱星が言う〝星が空に帰る日〟という言葉が、耳に頭にへばりつき離れてくれない。

やっと会えたのに終わりがあるなんて……。

そんな日はずっと来なければいいな。もしその日が来たなら、私も一緒に空に帰るよ。

すべてを失ったとしても、壱星のそばにいたい。

ねえ、壱星も同じ気持ちなんだよね？

#十一月十五日　#初冬の桜　#リスタート

「絶好調って感じだね」

紙コップのジュースを飲み干した望海がいやらしい顔で言ってきた。

火曜日、学校帰りのファストフード店は学生たちでにぎわっている。いくつかの高校生グループから時間差で笑い声が生まれていた。

「別に絶好調じゃないよ」

そう言う私に「ウソだね」と、望海の横に座るセリがハンバーガーを咀嚼《そしゃく》しながら言ってきた。

「壱星が退院してからは青春真っ盛りって感じ。やたらニコニコしてるし、そもそもオーラが明るい」

「あたしもそう思う。青春ドラマの名場面を見せつけられてる気分だよ」

ふたりして言いたいことばっかり言って。

フライドポテトを一本つまむ。文句を言ってやろうと口を開いて、なにげなさを装いつつ閉じた。

たしかに壱星と過ごしているこの一週間は充実していることこの上ない。

スマホを操作すると望海は、

「そういえばさ、インスタめっちゃ更新してない？」

と、画面を見せてきた。

学校の帰りや土日に壱星と訪れた場所が映っている。あれから何度か壱星のことも写してみたけれど、やっぱり彼の姿はプレビューには表示されないまま。

「僕も見たけど、前にも一度アップした場所ばっかり。〝アゲイン〟ってハッシュタグ、流行ってんの？」
　と、セリが首をかしげた。

　最初の写真のハッシュタグは〝リスタート〟で、翌日からは〝アゲイン〟というハッシュタグを選んでいる。もちろん、一度訪れたことのある場所だけにつけている。

　望海とセリに詳しい事情は話していない。壱星と話し合って、こんな不思議なこと、誰からも信じてもらえないから、ふたりだけの秘密にしておこうと決めた。

　一度死んだ壱星が戻ってきてくれたなんてとても言えない。

　それに、誰かに話してしまうことで壱星が消えてしまうような怖さもあった。

「前に撮った写真は、壱星が元気になったら行ってみたい場所。今は、一緒に行けた場所。同じように見えても全然違うんだから」

　ひとりの思い出だった場所が、ふたりの思い出の場所に変わっていく。こんな毎日がこれからも続けばいいのに……。

「写真のことはわからないけど、前より写真撮るのうまくなってない？」

　望海が写真を見ながら尋ねた。

「壱星のアドバイスのおかげなの」

　名前を口にして笑顔になれる日が来るなんて思わなかった。

「で、今日は壱星からはまだ連絡ないの？」

ハンバーガーの包み紙をくしゃっと丸めたセリにうなずく。

壱星は退院後の初めての検診のため今日は学校を休んだ。来週には検査入院も控えている。

「ＬＩＮＥは来てるよ。おばさんが迎えに来てそのまま帰ったみたい」

クラスのみんなから壱星が亡くなったという記憶が消えていることは、この一週間で間違いないとわかった。長く療養していた壱星の病気が治り、復帰したんだと誰もが思いこんでいる。

改めて考えるとすごく不思議なことだ。

壱星からのＬＩＮＥによると、血液検査の結果はまだらしいが、ほかの検査では驚くほど数値が平常化していたという。病院に迎えに来たおばさんは涙を流してよろこんでいた、と書いてある。医師もこんなによい結果が出るとは予想外だったらしく、検査入院は念のためにするがおそらく早めに退院できるだろう、と言っていたそうだ。

「でさ」と望海が顔を近づけてきた。

「明日はふたりでどこに行くの？」

勤労感謝の日である明日はたしか……。

「それがさぁ、天文台に行くんだよ」

「萌奈おじのとこに？」

「もちろんなかには入れないし、お父さんに声なんてかけないよ。でも、どうしても行きたいんだって」

天文台の写真なんかインスタにアップしなければよかった。お父さんに知られたらなにを言われるかわからないから、見つからないようにこっそり行かなくちゃ。

「麻弥さんも一緒に行くの？」

望海が急にお兄ちゃんの名前を口にしたので固まってしまう。なるほど、それを聞きたかったってことか……。

「行かないよ」

「せっかくだから麻弥さんも一緒に行けばいいじゃん」

「普通、デートに家族を連れていく？　ていうか、望海が同乗したいだけでしょ」

手にしたポテトの先っぽを望海に向けると、ひょいと奪われてしまう。

「バレてしまっては仕方がない。でもこないだ一緒の車に乗せてもらってすごくすごく幸せだったんだよ。お願いだから協力してよ」

拝《おが》む望海を無視しようとしたけど、恋する気持ちがわかるだけに無下にできない。

「前向きに検討します」

真面目な口調で言い、セリに視線を移すと浮かない顔があった。目が合うとすぐ慌ててジュースを飲みだすセリ。

「あーあ」と、その様子を見ていた望海がため息をつく。

「あたしの恋愛相談の真っ最中だというのに、セリはまた博香のこと考えている」

「ぶっ。やめてよ。そんなんじゃないって。ただ……」

「ただ？」

意地悪く聞き返す望海に、観念したというようにセリは肩をすくめた。

「博香が元気がないことを心配してるだけ。みんなだってそうだろ？」

「たしかにね」

望海が背もたれに体を預けて斜め上をぼんやり見た。

「夏休みが終わってからの博香は別人みたいだよね。話しかけても全然応えてくれないし」

「いや、夏休み前からおかしかったよ。なにかあったのは間違いないと思う。でも、話したくないみたいだし、どうしていいのかわからないよ」

「セリは博香のことが好きだから余計に心配よね」

「そう……って、違うし！」

慌てて否定する顔が一瞬で真っ赤になっている。自分でも気づいたのだろう、セリはぶすっとした顔で両手を頬に当てた。

「僕の気持ちは関係ない。ううん……関係なくはないけど、今は博香のことのほうが心配なんだよ」

「わかってるって。だから、いつものように作戦を練ってるわけでしょ」

ふたりは視線を合わせたあと、なぜか同時にこっちを見てきた。

「え、なに？」

なにか促すような表情のふたりを交互に見る。口を開いたのは望海だった。

「あたしたちのクラスって仲がいいじゃん。なにか問題が起きたらみんなで解決してきたでしょう？」

足を組んだ望海に、「そうそう」とセリも同意した。

「壱星が休んでいたころだって、みんなで萌奈が元気になれるようコソコソ話し合ってたんだよ」

それはなんとなく感じていた。私が落ちこんでいるときは、いつだって望海をはじめ、クラスのみんなが寄り添ってくれていたよね。それがどれほど悲しみを和らげてくれたかわからない。このクラスでよかった、って何度思ったことか。

ふたりがなにを言わんとしているのか、そのときになってやっとわかった。

「ひょっとしてだけど……私が博香の話を聞く、ってこと？」

ふたりは〝ご名答〟というようにニッコリ笑って私を見つめた。

天文台前のバス停でおりたのは私と壱星だけだった。

バスはここで折り返し、山を下って駒ヶ根《こまがね》駅へと戻っていく。

「久しぶりに来たな」

壱星が天文台のクリーム色の建物を見あげた。

「私も」

ここの写真をインスタにアップしたのは、壱星が最初の入院をしているとき。あのころは、これからどうなるんだろうってことばかり考えていた。

「親の職場なんてなかなか行かないもんな」

こげ茶色のコート、首には紺色のマフラーを巻いている壱星は、今日も体調がいいみたい。バスのなかでもいろんな話をしてくれた。

「壱星は夏に流星群を見に来たんでしょう?」

一緒に見ようと誘われたけれど、お父さんから『邪魔だから来るな』と言われ行けなかった。当日は町中の人が押し寄せたと錯覚するほどの人が集まったそうだ。

「すげえ人だった。でも、俺は途中で脱落したからなあ」

セリを含めたクラスの男子数人と参加した壱星は、流星群がはじまる前に体調が悪くなり家に帰ったと聞いている。

恨めしそうに空を見あげる横顔もかっこよくてドキドキする。

一度はあきらめた恋だった。

壱星の死により両想いは長い長い片想いになってしまったけれど、また同じ人に恋をしている。髪も眉も高い鼻も、ずっと見つめていたくなる。

「そういえばさ」と、壱星は天文台の向こうにある山頂を指さした。

「ウワサではあそこら辺まで登った人は、ちゃんと見えたんだって。もう今はないけれど、夏までは頂上に続く小道があったらしい」

「そうなんだね。って、寒い」

高い建物がひとつしかないせいで、痛いほどの冷たい風が頬にぶつかってくる。

広い駐車場にいると、そのうちお父さんに見つかりそうなのも怖い。

「じゃあ、あそこに避難しようか」

そう言って歩きだす壱星。

坂道の下に見えるのは洋風の建物だった。

「図書館だったっけ？」

「よく知ってるね。私設図書館、つまり個人が建てた図書館なんだ。一般の人にも開放されている」

中学のときの友達が、図書館近くにある高校に進学して教えてくれたっけ。

「私は初めて。歩くとけっこう遠そうだね」

そう言う私に、壱星は右手を差し出してくれた。

「ふたりなら歩けるよ」

「うん」

手を握ると彼の温度がスッと体に入ってくる。

「ねえ壱星。聞いてもいい？」

「ダメ」

「えー」

「ウソウソ、わかることならお答えします」

つないだ手はそのままに仰々《ぎょうぎょう》しく礼をする壱星。本当に元気になったんだな、ってホッとする。

「前に言ってたよね。〝星が空に帰る日〟までは一緒にいられるって。それはいつのことなの？」

「俺もよくわからないんだよ」

彼は困るとよくこの言葉を言う。前も同じように答えていたっけ……。

「次にこの町で流星群が見られるまで、ってこと？」

「それならいいなあ。当分はないみたいだし」

まるで他人事みたいな口調に、足が勝手に止まってしまう。

壱星は困ったような笑みを浮かべ、握った手に力を入れた。

「俺だってずっとここにいたい。でも、戻ってきたときから、〝星が空に帰る日〟までの期限つきだってことは理解していた」

「誰かに言われたってこと？」

「ちょっと違うかな。勝手に頭に植えつけられていた感じなんだよ」

視線の先にはさっきより近づいた図書館の建物がある。三角のとがった屋根は教会を連想させる。レンガ造りの壁はところどころ色褪《いろあ》せていた。

「天文台のそばにあるからか、星関係の本がたくさんあってね。まあ、ちょっと変わった図書館なんだけど」

壱星は来たことがあるってことだろう。でも、図書館よりも壱星がいなくなることが気がかりだ。

咳払《せきばら》いの声に顔をあげると、壱星はさっきより真剣な顔になっていた。

「ちゃんと――考えているから」

「え？」

「俺はあまり言葉もうまくないし、ぶっきらぼうだけど、ちゃんと萌奈のことを考えてるから」

例えるなら砂漠に水が染みこんでいくみたい。壱星の言葉がスッと胸に広がっていくのを感じる。

「ふたりで一緒にいるためには、〝星が空に帰る日〟のことを知らないといけない。だから、今日はここにどうしても来たかった」

低い声に、小さくうなずいた。壱星は天文台に行きたかったんじゃない、星関係の本がたくさんある図書館が目的だったんだ。そんなことも知らずわがままを言った自分が恥ずかしくなる。

「写真撮ってもいい？」

熱くなる頬をごまかしたくてスマホを構えた。

私のインスタにはあいかわらず風景や建物だけ載せている。

つないでいた手を離し、図書館の全景を撮る。

「私も壱星みたいに写真がうまくなりたいな」

「俺だって別にうまいわけじゃないよ。それに、いい写真を撮るには機材や構図も大切だけど、もっと大切なことがあるんだよ」

そうかな？　現に、壱星のアドバイスで撮影した写真は〝いいね！〟が伸びているし……。

「あ、俺のこと信じてないだろ？」

見透かした顔の壱星にドキッとしつつも「まさか」とはしゃいだ。

「大切なことってなに？」

「それは自分で見つけるんだな」

「冷たい」

「冷たくない」

さりげなくつないでくれた手に、心からホッとしている自分がいる。

〝星が空に帰る日〟なんてずっと来なければいいのに。

図書館の入り口へ続く石畳を歩いていると、先にある大きな扉が開いた。

――ギイイ。

大きな音とともに出てきた人に見覚えがあった。

「おお、博香」

先に声をかけたのは、壱星だった。私服のせいでパッと見わからなかったけれど、たしかに博香だ。うしろには紫依乃ちゃんもいる。

驚いた顔の博香が、ムリした笑みを浮かべるのを見た。

「こんなところで会うなんてすごい偶然だな」

うれしそうな壱星と対照的に、博香は気まずそうな表情を浮かべている。

博香に隠れるように顔だけ出した紫依乃ちゃんが、私を見つけてパッと顔を輝かせた。

「萌奈ちゃん！」

駆け寄ってきた紫依乃ちゃんが両腕を伸ばして腰のあたりに抱きついてくる。

「紫依乃ちゃん、こんにちは」

「また会えたね。紫依乃ね、萌奈ちゃんにまた会いたいって思ってたの」

「私もだよ」

「この人、萌奈ちゃんの彼氏？」

う、と言葉に詰まっていると、

「そうだよ。俺は壱星」

壱星が腰をかがめて紫依乃ちゃんと視線を合わせた。

「へえ」とか「ふーん」とか言いながら、紫依乃ちゃんは博香の腰のうしろに隠れた。

「ごめんね。この子、男子には人見知りで」

「傷つくなあ」

博香の謝罪に壱星はカラカラと笑った。

先日、保健室に行った博香はそのまま帰宅し、それ以来学校を休んでいる。望海とセリから話をするように言われたけれど、そうじゃなくても最近の博香は心配だ。

「博香、体調はもういいの？」

「もう大丈夫。明日からは行けると思うよ」

「そっか。今日はふたりで図書館に？」

「ちょっと調べ物があって……」

あ、まただ。表情を曇らせながら博香が心を閉ざすのがわかった。自分の態度の変化に気づいたのだろう、博香はごまかすように腕時計を見た。

「ごめん、もうバス来ちゃうから。紫依乃、そろそろ行こうか」

「ええ、まだだもん。まだ萌奈ちゃんと遊ぶもん」

「また今度にしようね」

ダダをこねる紫依乃ちゃんの腕を引っ張るようにして去っていく。

「博香、大丈夫かな……」

うしろ姿を見送りながらつぶやくと、壱星が「ああ」とうなずいた。

「なんか前と印象が違うよな」

「壱星も気づいてたんだ？」

「当たり前だろ。鈍感で有名なセリですら、気にしてるみたいだし」

それは片想いしているからじゃないかな。壱星が気づいていないなら余計なことは言うまい。

明日からは登校するみたいだし、また話しかけてみよう。

図書館のドアに手をかけて引くと、木のきしむ音がすごい。壱星も一緒に開けてくれて、先になかに入った。

「え……」

思わず声をあげたのもムリはない。図書館のなかはありえないほど薄暗かったのだ。カウンターのあたりに煌々《こうこう》と白いライトが光っているだけで、棚は闇のなかに沈んでいる。

吹き抜けの高い天井からはオレンジ色のライトが心細げに光っていて、二階にある机はまぶしいほどの光に包まれていた。明るいところと暗いところの差がすごい。

「宇宙船？」

思わずつぶやくと、隣に立つ壱星はクスクス笑った。その姿さえ、今にも闇にのみこまれそう。

「変わった図書館だろ？」

「本当に変わってるね。こんなに暗いんじゃ本を選べないんじゃない？」

「本棚に近づくと自動でライトが点灯するんだ。これでも前に来たときよりは明るくなった気がする。私設の図書館なのに、文句を言ってくる人がいるんだって、長谷川《はせがわ》さんが困ってた」

ということは、壱星は何度かここを訪れているのだろう。全然知らなかった……。

「職員の人は誰もいないの？」

館内にはお客さんどころか、職員の姿も見えない。貸し切り状態はいいけれど、薄暗くて不安になってしまう。

「長谷川さん――あ、ここの館長さんだけど、控室で寝てたり天文台に行ってたり、とにかく自由な人なんだ」

「へえ……」

風変わりな図書館を運営しているくらいだから、相当変わった人なのかもしれない。

壱星が本棚へと近づくと、言っていた通りLEDが灯った。人感センサーがついているのだろう、歩くたびに光る範囲が広くなっていく。

並んでいる本のタイトルを見ると、宇宙や星に関するものばかり。なかにはどうやって持ち運ぶのかわからないくらい大きくて分厚い本もあった。

「〝星が空に帰る日〟について調べてみよう」

本のタイトルを目で追いながら壱星は言った。

「あ、うん」

壱星はちゃんと考えていたんだな、と安心した。

〝星が空に帰る日〟、壱星は再び私の前からいなくなる。

ひょっとしたら、その日を避けるためのヒントも書いてあるかもしれない。

それから私たちは、何冊もの本を二階の閲覧スペースに持ちこみ、まぶしい光のなかで文字の海を漂った。

夕刻のバスの時間までに探していた言葉は見つからなかったけれど、幻想的な旅をした気分になれた。

「また来週再挑戦しよう」

机のライトを消してキスしてくれた壱星に、泣きそうなほどの幸せを感じた。

#変わった図書館　#宇宙船　#アゲイン

第四章　冬の蛍

お兄ちゃんのメガネが曇っていることが気になる夜。

うっすら白いレンズのまま、テーブルの向かい側でお兄ちゃんはお弁当を食べながらスマホをいじくり、テレビまで見ている。

リモコンで暖房の設定温度を一度下げた。

今夜もお父さんの帰りは遅いそうだ。

見つめられていることに気づいたお兄ちゃんは、肩をすくめてからスマホを閉じた。

「時間がないんだよ」

「別になにも言ってないし」

「いや、顔が言ってた。同時にいろんなことをやりすぎじゃね？って」

「大学四年生はヒマだ、って嘆いてなかったっけ？」

鬼塚亭のお弁当を食べるのは久しぶり。最近は、私かお兄ちゃんが夕食を作るようになっていたから。

「もう十二月だろ？　あっという間に時間が過ぎて卒業の時期が来る。春になれば俺は社会に囚われの身になるわけだ。その前にたくさんやらなくちゃいけないことがあるわけよ」

胸に手を当て、舞台俳優みたいに嘆いている。

「やらなくちゃいけないことって、具体的に言うとなに？」

「テレビにゲームにカラオケ、飲みにコンパだな」

自分の言葉に納得するように何度もうなずくお兄ちゃんにため息で返した。

「就職が決まってるだけいいじゃん。クラスの子のお兄さん、まだ決まらなくて毎日イライラしてるって言ってた。周りにそういう友達いないの？」

「どうしてもラジオ関係の仕事に就きたくって、結局東北だか北陸の地方局に入ることになったツレがいる。新潟とか秋田《あきた》だったけか」

新潟……。忘れていたけれど、壱星が行きたいみたいなこと言ってたよね。最近は口にしないけど、また聞いてみよう。たしか海……海岸に行きたがっていた記憶がある。

「どうかした？」

お兄ちゃんの声にハッとする。会話の途中で考えこんでしまっていた。

「そうじゃなくて、就職が決まっていない人はいないの？」

改めて尋ねた私に、お兄ちゃんはお茶をビールみたいに飲み干す。

「さっさと内定もらって短期留学に出かけたやつはいるね。フィリピンで英語を学ぶんだってさ」

微妙に会話がかみ合ってないけど、これがお兄ちゃんの標準仕様。人の話を聞かないのは昔からだ。

「ふうん」とうなずき、私もお茶を飲んだ。

「萌奈は進路決めたのか？」

「あぁー、まあね」

「ウソだね」

キランとお兄ちゃんのメガネが光った気がした。

「進路調査の用紙をきちんと書いてないって木下さんが言ってたぞ」

「げ。望海とやり取りしてるの？」

「向こうがＩＤ押しつけてきたんだ。不可抗力です」

両手をあげるお兄ちゃんに「もう」と唇をとがらす。お兄ちゃんと会話したいために私を売るなんてひどすぎる。次会ったら文句を言ってやらないと。

「お兄ちゃんは大学ってどうやって決めたの？」

「適当に入れるところに入った感じ。就職もそんなふうに決めた」

「それでいいの？」

私は目の前のことに精一杯で、進路のことまで考えられずにいる。

お兄ちゃんは「んー」とうなったあと、椅子にギイともたれた。

「できれば夢があるほうがいいんだろうけど、俺にはないからなあ。まあ、就職したあとでもなにか見つけられるかな、って」

「へえ……」

なんて答えていいのかわからない私に、お兄ちゃんはムッとした顔になる。

「平均寿命は毎年伸びてるんだよ。二十年生きたくらいじゃまだ人生の初心者レベル。就職したあとで夢を見つけたって、きっと間に合うさ」

お兄ちゃんがそう言うならそんな気がするから不思議だ。進路についてはあと回しでもいいように思えてきた。進路のことよりも、今は壱星との日々を大切にしたい。

今日から十二月。駒ヶ岳で十月に観測された初雪も、私の住んでいる地域では先週やっと少し降った程度。それでも、日々寒さが増しているのは実感している。お兄ちゃんのメガネも曇るわけだ。

「最近どう？」

メガネを拭きながら聞くお兄ちゃんに、肩をすくめてみせた。

「どうって？　別に普通だよ」

「壱星くんとはうまくいってるのか？」

「なにそれ。毎日のように会ってるよ。明日とあさっては検査入院だから会えないけど」

「そっか」

ホッとしたような声に思い出す。お兄ちゃんと壱星はＬＩＮＥでやり取りをしているんだった。

そもそも、お兄ちゃんに言われたことがきっかけで流星群に願ったんだった。壱星とまた会えたのは、お兄ちゃんのおかげなんだよね……。

テレビのリモコンをカチャカチャいじったあと、見たい番組がなかったらしくお兄ちゃんは電源ボタンを切った。

リビングが急にしんと静まり返る。

「ねえ、お兄ちゃん」

「ん？」

「〝星が空に帰る日〟って知ってる？」

「なんだそれ」

残りのおかずを口に放りこんだあと、お兄ちゃんは「んー」と口をモグモグ動かした。

「聞いたことないな。それって宿題かなにか？」

「そんなとこ。じゃあさ、壱星との約束のことは覚えてる？」

「俺が約束したってこと？」

「違う。私との約束。前にお兄ちゃんが壱星とのＬＩＮＥを見せてくれたでしょ」

「は？」

湯呑《ゆのみ》に手を伸ばしたお兄ちゃんがフリーズした。

「なんで俺が壱星くんとＬＩＮＥするんだよ」

「知らないよ。初めて会ったときに交換してたでしょ」

「そんなことあったっけ？」

「え、待って。流星群の約束についてのメッセージはやり取りしてないってこと？」

お兄ちゃんがスマホの画面をスクロールさせ、「ああ」とつぶやいた。

「ＩＤの交換をして、最初に挨拶がわりのスタンプを送り合ってるな。そのあとはやり取りしたことはない」

長いつき合いだからウソをついていないのはわかる。

じゃあ、亡くなる前にお兄ちゃんにしたＬＩＮＥもなかったことになっているんだ。やはり、壱星が一度亡くなったという記憶だけでなく、ＳＮＳも不自然なものは消去されているのだろう。

改めて考えると、今起きていることはあまりにも不思議なことばかり。

流星群に願ったことで壱星は私のもとに戻ってきてくれた。最初はうれしくて仕方なかったし、流星群に感謝もした。

でも……この奇跡が期限つきだと知った今は、やがて来る二度目の別れが怖くてたまらない。もう一度悲しみに押しつぶされるのはイヤだよ……。

ふたりで話をするたびに、〝星が空に帰る日〟のことが頭にチラついている。気がつけば、感情にフタをして元気ぶることも増えている。

私って進歩がないな……。

――コトリ。湯呑を置いたお兄ちゃんがなぜか怒った顔をしている。

「……壱星くん、浮気してるのか？」

聞いたことのない低い声。「違うよ」と首を横に振るけれど、湯呑を握りしめている手に力が入っているのがわかる。

「悲しい顔してたろ。なるほど、アリバイ作りに俺とLINEしてたとかウソをついたわけだな。あいつ……許さねえ」

お兄ちゃんは昔からやさしくて頼りがいがある。幼いころ近所の男子にからかわれたときも、鬼の形相で叱り飛ばしたせいで逆にその子の親に怒られてたりもした。

ただ、たまにこんなふうに妄想で暴走するときがあるんだよね……。

「落ち着いてよ。なんで壱星がアリバイ作りを私の身内に頼むのよ。正義感が強いのはいいけど、勝手な想像で怒らないでよ」

「たしかにそうか」

ケロッと納得するお兄ちゃんだったけれど、今度は心配そうな目で私を見てきた。

「悩みごとがあるなら相談しろよ。俺じゃなくても友達とかにでもいいからさ」

「あ、うん。ありがとう」

勘違いだったとしても、心配してくれる人が近くにいてくれるってありがたいな。

私の周りにはやさしい人が多い。そういう人たちにやさしさを返せる自分になりたいな……。

ふと、博香の顔が頭に浮かんだ。なにかに悩んでいるような博香のこと、ずっと気になっているのにちゃんと話を聞けていない。

「私じゃなくて友達のことなんだけどね」

なにげなさを意識しつつ、博香の話題へと移っていく。

「急に変わっちゃった子がいてさ。夏くらいまではよくしゃべる明るい子だったのに、最近じゃ教室にいても誰ともしゃべらないの」

「ふむ」

お兄ちゃんが私の湯呑にお茶を淹れてくれたあと、手のひらを差し出した。続けてどうぞ、という意味なのだろう。

「話しかけても避けられているみたいで。なにか悩みがあるのは確実で……クラスのみんなも心配してるんだよね」

異変に気づいたのは夏休み前のことだった。しばらく休んでいた博香が期末テストのために登校したあたりから、彼女はふさぎこむようになった。

二学期になってからは、教室にいても話しかけられない雰囲気になり、近づく人に冷たい態度を取るようになっていた。

もっと早く話しかければよかったのに、あのころの私は壱星の病気のことで頭がいっぱいで……。

そんなの言い訳だってわかっている。

「萌奈はどうしたい？」

「え？」

「たとえば、その子が誰にも言えない恋……たとえば、妻子ある人と不倫をしてたらどうする？」

「そんなことありえ――」

「ありえないとは言い切れないだろ？」

メガネ越しの目がまっすぐに向いている。言葉に詰まっていると、お兄ちゃんの目が少しやわらかくカーブを描いた。

「不倫じゃなくても、なにか犯罪に巻きこまれているとか、そういう可能性だってある。壱星くんと内緒でつき合っている可能性だってゼロとは言い切れない」

さっきの浮気説はまだ生きているらしい。

「人の相談に乗るということは、悩みをきちんと受け止めてあげること。気楽な気持ちで聞いてはいけないと思う」

「私……ちゃんと聞きたいって思ってる。博香が悩んでいること、知りたいし聞かせてほしい」

思わず博香の名前を口にしてしまった。お兄ちゃんは「そう」と言うと、私の手元にある湯呑をアゴで指した。

「俺調べによれば、悩みは荷物に似ている。それ持ってみて」

「これを？」

湯呑を胸の前あたりで持つと、満足そうにお兄ちゃんはうなずいた。

「そんなに重くはないだろ？」

「あ、うん」

「悩みを抱えている人もそんな感じ。これくらいなら自分ひとりでも大丈夫だと思って、悩みを胸に抱えている。でも、その湯呑をずっと持っているとどうなる？」

このままずっと湯呑を持ち続けるなら……。

「腕がしびれる」

「ほかには？」

「手がふさがってるからなにもできなくなる」

意識しているせいか、すでに右手に負担がかかりはじめていた。

「ずっと持っていると重さを感じていく。抱えるのに必死になるあまり、余裕がなくなり話すらできなくなる。悩みも一緒だと俺は思う」

お兄ちゃんの言っていることがすとんと胸に落ちる。私も壱星のことで悩んでいても、誰にも相談ができずにいた。

博香は黙ることで耐え、私は元気なフリをすることで耐えていたんだ……。

「萌奈ができることは、その荷物をテーブルに置いてあげることじゃない」

「え、違うの？」

てっきりそうだと思っていたから驚いてしまう。

「テーブルに置くということは、悩みを解決してラクにしてやること。根本的な解決は他人にはできない。悲しいけど俺らは無力だ」

お兄ちゃんは腕を伸ばし、私の持つ湯呑を手のひらで包んだ。

「萌奈がやるべきことは、一緒に支えてやることだよ」

「一緒に……」

たしかにさっきとは雲泥《うんでい》の差で右手への負担は軽くなっている。お兄ちゃんは湯呑を受け取るとテーブルに置いた。

そういえば……望海にも同じようなことを言われた気がする。

「ひとりじゃない、って思えるだけでずいぶんラクになれる。解決をはかるんじゃなく、ただ話を聞くだけでいい。そうすれば、いつか自分の力で重荷をおろす日が来るから」

「でも、話をしてくれないんだよ」

本当の悩みはなかなか人に話せない。現に博香はまだ周りに分厚い壁を作っている。そんな人から悩みを聞き出すのはかなり難しいだろう。

椅子から立ちあがったお兄ちゃんがニッと笑った。

「いきなり核心を突かれたら誰だって拒否るさ。まずはお互いの共通点を探すといい。そこから徐々に話を聞く。心配していることをわかってくれたら、きっと相手の心もほどけるさ」

私と博香の共通点は……。同じ高校で同じクラスで、ほかにはなにがあっただろう。

「俺も役に立つだろ？　心理学を専攻しててよかったわ。後片づけよろしく」

またメガネが曇ったのだろう、シャツの裾で拭きながらお兄ちゃんはリビングを出ていった。

「ありがとう」

声をかけながら、ふと頭になにかが浮かんだ。

あれはたしか……流星群の次の日だ。珍しく博香から私に話しかけてきたことがあった。そのときはうまく答えることができずあいまいに会話が終わったけれど、ひょっとしたら、あれが共通点になるかもしれない。

少しでもいい、博香の力になりたいと思った。

作戦の決行は昼休みの教室で。

次の授業が化学のため、昼休みが終わりかけの時間になると、すでに化学室に移動しているクラスメイトも多い。博香は移動先の教室で話をしなくてもよいように、最後に教室を出ることは調査済みだ。

「望海」

教科書を準備していた望海に声をかけると、緊張した顔でうなずいた。

作戦の協力をお願いしたところ快く受けてくれたけれど、そういえば望海はウソが苦手。ということは、演技も下手だという可能性が高い。

でも、そんなことを言っている場合じゃない。

望海を前にして歩き、博香の机の横を通り過ぎる。打ち合わせ通り、望海がなにかを思い出した様子でふり向いた。実際はロボットみたいにガクガクした動きだったけれど。

「きょ、今日は壱星、休みだっけ？」

かなりの棒読みにくじけそうになりながら「うん」とセリフを口にする。

「明日まで検査入院なんだよね」

自分のセリフもどこか声が上ずってしまった。

「こないだはふたりで図書館に行ったんでしょう。なにしに行ってたの？」

「ちょっと調べたいことがあってね」

「調べたいことってなに？」

望海、目線が博香に向いているよ。私を見て言わなきゃ怪しまれる。

目配せをすると、望海は急いで作り笑顔を貼りつけたので、セリフを続けることにした。

「〝星が空に帰る日〟について調べてるの」

斜めうしろで博香がハッと息をのむのがわかった。

「〝星が空に帰る日〟って、なにそれ。意味がわかりませんの」

もう望海のぎこちなさは無視することにした。

「あとは〝星の子〟についても調べてる。ちょっと壱星のことでいろいろあってさ」

「〝星の子〟ってなんのこと？」

「それを調べているの」

流星群の翌日、博香はどこか怯えたように『駒田くんは……〝星の子〟なの？』と尋ねてきた。

星の子について調べるためにあの図書館を訪れていたとしても不思議ではない。

「あ……」

自分でも気づいていないのだろう、博香がかすれた声を出した。

作戦はここまで。あとでさりげなく話しかけてみよう。

望海に目で合図をして教室を出ると、すぐに望海が大きく息を吐いた。

「いやー緊張した。演技なんて初めての経験！」

「声が大きいって。でも、ありがとう」

「博香の悩みが解決できるならお安い御用だよ」

教科書を胸に抱えうれしそう歩く望海に、『解決するんじゃなく、ただ話を聞くだけだよ』と伝えても意味不明だろう。お兄ちゃんのアドバイスを信じるならば、博香との共通点は〝星〟というキーワードだ。

「それにしても、台本にあった〝星の子〟ってなんのことなの？」

「まあ……また説明するよ。ありがとね」

もう一度伝えて、化学室へ歩いていると望海がなにか言いたそうに見ている。

「どうかした？」

「萌奈は大丈夫なのかな、って」

「私？ うん、大丈夫だよ」

チラッと私を見たあと、望海は軽くうなずいた。

「それならいいけど、なんか萌奈も悩んでいるように見えるから」

たしかに最近は壱星がいなくなる恐怖に襲われている。今日の検査入院だって、どんな結果になるのかわからない。

また壱星がいなくなったとしたら……。考えるだけで目の前が真っ暗になりそう。

だったら……望海に話をしてもいい気がした。

「あの、ね。流星群が奇跡を運んできたの」

「奇跡？　ああ、前にもそんなこと言ってたね。でも、それって迷信でしょ？」

言葉に詰まる。こんな話、望海は信じてくれないだろうし、信じてくれたとしても逆に余計な重荷を背負わせる気がした。

それに、話すことでこの奇跡が終わってしまいそうな悪い予感もする。

迷いは沈黙に変わってしまう。

「そろそろ行かないとヤバくない？」

望海が言うのと同時に足音がしてふり返る。

息を切らして駆けてきたのは、博香だった。口を一文字に結んだまま私の前まで来ると、「あの」と神妙な面持ちで口を開く。

「お願いしたいことがあって」

「あ、うん。でも……」

どうしよう。もう授業がはじまってしまうし、隣には望海がいる。

博香は迷ったようにせわしなく伏せた目を左右にやってから、やがて意を決したように私を見た。

「一緒にあの図書館に行ってほしいの」

間髪入れずに「いいよ」と答えたのは望海だった。作戦の成功を確信したのか満面の笑みを浮かべている。

「『思い立ったが吉日』って言うでしょ。あそこは遠いから、明日の土曜日に三人で行こう」

「ちょっと待ってよ」

止める私を無視して、望海は博香の腕に自分の腕を絡めた。

「博香と話ができてうれしい。もうこのままサボって出かけてもいいくらいだよ～」

「それはムリだよ」

呆れた声で答える博香の表情がさっきよりも和らいでいるのがわかる。

「ふふ。でも三人で女子会楽しみ」

望海はウキウキを隠せない様子で言った。

「それはいいけど……」

博香の話だけじゃなく、壱星の話もすることになるのかな。ふたりは信じてくれるのだろうか、流星群が壱星を帰してくれた話を。

不安な気持ちを助長するように、チャイムの音が響き渡った。

「なにここ⁉　暗すぎるんですけど」

図書館に入ると同時に望海が大声で叫んだ。

「静かにしてよ」

明るい場所から急に暗い館内に足を踏み入れたせいで、目の前がチカチカする。

「だってだってヤバすぎでしょ。壁にぶつかりそう」

前に来たときと同じく、館内はわずかな明かりしかなく闇に沈んでいる。

隣に立つ博香は、バスのなかでほとんどしゃべらなかった。なぜ図書館に来たかったのかを聞きたかったけれど、自分から尋ねるとまた心を閉ざしてしまいそうで。

わかったことは、紫依乃ちゃんは両親と出かけた、ということだけ。〝星の子〟についても聞き出すことはできなかった。

今日も私たち以外にお客さんの姿はない。といっても、この暗さだから断定はできないけれど。

白く光っているカウンターは、宇宙船のコックピットみたい。

近づくと、長髪の男性が座っている。二十代後半くらいだろうか、白く見える長い髪は、近づくとグレーに近い銀色だとわかった。背中に隠れて見えないけれど、肩の下あたりまでありそう。グレーのスーツに身を包んでいる。

「いらっしゃいませ」

にこやかな笑みはどこか絵画のなかの偉人を連想させる。

「どうも」と口のなかでモゴモゴと答えた。

「じゃあたし、本でも読んでるね」

答えも待たず望海はさっさと本棚のほうへ行ってしまった。読書スペースは二階だと伝える前に、望海は近くにあった本を手に階段をのぼっていく。

望海が座ったテーブルが音もなく白い光に包まれた。望海はうれしそうに大きな口を開けて手を振ってくる。

ふり返そうとあげかけた私の腕を、博香がギュッとつかんだ。見ると、博香の目線はカウンターのなかにいる男性に向いたまま。

「あの、質問したいことがあるんです」

固い声に、博香が緊張していることを知る。博香が図書館に来たかった理由は、この人に会うため？

「どうぞお座りください」

美しい指先で、男性はカウンター越しに置かれている椅子を指した。博香が男性の正面に、私はその隣に腰をおろした。

「ここで館長をしております長谷川と申します」

「えっ……」

思わず声が出る。まさかこんなに若い人が館長さんだなんて驚いてしまった。

「……今井博香です」

深々と頭を下げる博香に倣い、私も同じように腰を折りながら「中根萌奈です」と遅れて自己紹介をした。

「質問というのはなんでしょう?」

カウンターの上で両手の指をからませた長谷川さんに、博香はなにか言いかけて口を閉じた。そんな博香になにか気づいたように長谷川さんは目じりを下げた。

「今井さんは何度かお見えになっていますね」

「あ、はい」

「夏休み前あたりからでしょうか。妹さんを連れているのをお見かけしました。いつもありがとうございます」

「………」

緊張を解こうとしてくれる長谷川さんから目を伏せ、博香は膝の上に置いた手をギュッと握りしめている。今にも逃げて帰ってしまいそうな不安定さを感じた。

長谷川さんが私に視線を向けた。奇妙な沈黙が続いている。

「博香、私も質問があるから先に聞いてもいい？」

「あ、うん」

ホッとした声で答える博香から長谷川さんへ視線を戻す。すう、と息を吸ってから背筋を伸ばした。

「この図書館は宇宙についての本がたくさんありますよね。長谷川さんが集められたのですか？」

「正確には父が、ですね。昔から父は月や星、宇宙について書かれている文献《ぶんけん》を集めておりました。父が引退したあと私が引き継いだんです。それから倍くらいに本は増えてしまいましたが」

薄い唇でほほ笑むと、風もないのに長谷川さんの長い髪が揺れた気がした。

「じゃあ、長谷川さんも星に関して詳しいのですか？」

「星についての質問があればお答えしますよ。ある程度のデータベースはここにも入っていますし」

横にあるパソコンのモニターに触れた長谷川さんにうなずいてから、もう一度深呼吸をした。

「私が知りたいのは……〝星が空に帰る日〟についてです」

隣の博香がゆっくりと私に顔を向けるのがわかった。長谷川さんは「ほう」と言ったっきり動かない。

もし長谷川さんが知っているなら、壱星がいなくなる日もわかる。聞きたいのに、長谷川さんが知らなければいいと思う自分もいる。

「その言葉については存じあげております」

長谷川さんの言葉に胸が貫かれたような痛みを覚え、思わず右手で押さえていた。聞きたい、聞きたくない。混乱する私から長谷川さんは視線を隣の博香へ向けた。

「今井さんのご質問を先にお伺いしてもいいですか？」

ハッとしたように前を向いた博香が、「はい」と小声で答えた。

それでも迷うようにしばらく視線をさまよわせたあと、

「私は〝星の子〟について教えてほしくて来ました」

震える声で言った。

深くうなずいたあと、長谷川さんは両肘をカウンターの上にのせ、ゆっくりと両手の指を組んだ。

「伝説についてご存じですか？」

伝説？　思わず博香と顔を見合わせてしまった。

「伝説とは、特定の人や事由について言い伝えられていることです。よくあるのは、〝満月の夜に狼《おおかみ》になる〟とか〝七夕の夜に短冊に願いごとを書くとかなう〟とかですね」

うなずく私に視線を合わせたまま、長谷川さんは言葉を続けた。

「流星群についてもたくさんの伝説があり、そのなかのひとつに、おふたりのおっしゃった言葉が出てきます」

長谷川さんはピアノを弾くようにキーボードに指を滑らせたあと、モニターをじっと眺めた。ライトが顔に当たっているせいで、もともと色白の肌がさらに薄く見える。

「Gの棚のいちばん奥側に『宇宙物理学における月と星について』という大判の書籍があります。そこに載っているようです」

「どんな……内容なのですか？　そこに〝星が空に帰る日〟について書かれているのですか？」

早口になる自分を抑えられない。長谷川さんは「ええ」とうなずいた。

「流星群にもう一度会いたい人のことを願えば、その人は〝星の子〟として帰ってきてくれる。ただし〝星が空に帰る日〟までの期限がある、みたいな内容でした。ただし、あくまで伝説ですから、そこはあらかじめご了承ください」

言葉をかみしめるようにうなずいた博香が「萌奈」と私の名を呼んだ。

「本を見に行こう。詳しく読めばなにかわかるかもしれない」

頭ではわかっていても金縛りにあったように動けなかった。どうしよう、急に泣きたい気持ちに襲われている。

立ちあがろうと中腰になった博香が、私の様子に気づき再度腰をおろした。

「どうしたの？」

不安そうな声の博香になにか言おうとして、先に涙がポロリとこぼれ落ちた。

「ごめん。違うの……」

ごまかさなくちゃって思っても、とても演じることなんてできなかった。

やっぱり壱星には期限があったんだ。

わかっていたのに、改めて本当のことだと知るとショックで涙が止まらない。

博香も長谷川さんも黙って私の次の言葉を待っている。ふたりに話をして信じてもらえるかはわからない。だけど……誰かに聞いてもらいたい。そう思った。

「私の彼氏が……病気だったんです」

涙をこらえながら言う。博香は誰のことを言っているのかわかったらしく、軽くうなずいてくれた。

「長い間、入院と退院をくり返していました。そして彼は……十月に亡くなりました」

「え……」

絶句する博香に、唇をかんで悲しみの波を必死で耐えた。

「彼との約束は、流星群にもう一度会えるように本気で願うことでした」

——壱星。

「流星群の翌日、彼と再会できたんです。病気も治ったようで、周りのみんなからも壱星が亡くなったという記憶は消えていました」

——壱星がいなくなるなんて。

「でも、彼は言いました。〝星が空に帰る日〟までしか一緒にいられないって……」

——そんなの信じたくないよ。

鼻水をこらえながら長谷川さんを見つめた。

「ただうれしかったんです。もう会えないと思っていた彼に……壱星にもう一度会えた。奇跡だって運命だって構わなかった。でも、また会えなくなるなんて……そんなのひどいです」

「ええ、そうですね」

まるでぜんぶわかっていたかのように、長谷川さんはまっすぐに私を見つめている。

「壱星がもう一度いなくなるなんて、そんなの耐えられない。また悲しい思いをしなくちゃいけないなら、どうして壱星は戻ってきたのですか？　回避する方法はないのですか？」

　長谷川さんの瞳が潤んでいるように見え、気づけばカウンターに目を落としていた。

「あなたが本気で願ったから、流星群は奇跡を起こしてくれたのでしょう。厳しいことを言うようですが、その再会に意味を持たせるのもこわしてしまうのも、すべてはあなた次第だと思います」

　暗がりに沈む棚のほうへ顔を向けた長谷川さんの口が閉じた。

「萌奈、行こう」

　博香に促され立ちあがり、本棚へと進む。歩く速度に合わせて本棚の照明が点灯していく。幻想的な雰囲気のなか、頭はまだボーっとしている。

「ごめんね。私ばっかり聞いちゃった」

　鼻を啜《すす》りながら謝る私に、博香は髪を揺らせせふり返った。

「なに言ってるの。私のほうこそしゃべらせちゃってごめん」

　Gと書かれた棚のいちばん奥には、分厚い本が並んでいた。中段にその本はあった。

　背表紙に『宇宙物理学における月と星について』と書かれてあるその本はかなり大きくて取り出すのも一苦労だった。

「二階に運ぶのも大変だしここで読んじゃおうか」

「そうだね」

　博香の提案に同意して、その場に腰をおろした。固いタイトルと違い、表紙にはクレヨンを使ったような宇宙のイラストが描かれている。

伝説について書かれているページを探すけれど、目次にその単語は見つからなかった。

「駒田くんのこと、つらかったよね。まさか亡くなったなんて……」

ページをめくりながら博香が言った。

「信じてくれるの？」

「当たり前でしょ」と答える博香に、また涙が出そうになる。

「でも不思議だね。駒田くんは私のなかでは亡くなっていないことになっているから」

「周りのみんなも同じ。壱星が亡くなったことは記憶にないみたい」

今でも、目覚めるたびに壱星の存在をたしかめる。記憶に、LINEに、インスタに。どれも確信が持てなくて、顔を見てやっと安心することのくり返し。

「具合が悪くて入院してたのは知ってたけど、元気になって退院したとばかり思ってた。望海はこのこと、知ってるの？」

二階のあたりに顔を向けた博香に、「ううん」と首を横に振った。

「本当は伝えたい。でも……勇気が出ないの」

さっきだって言うつもりなんてなかったのに、意思に反して言葉が勝手にあふれた感じだったし。

「だよね。こんなこと、絶対に……絶対に誰も信じない」

博香は力をこめてそう言うと、ギュッと唇をかんだ。

周りの空気が変わるのを感じた。

ページをめくる手を止めると、博香は本棚に背中をゆっくりと預けた。斜め上のほうを見つめながら、博香は目を閉じる。

「今年の七月四日のことなんだけど……紫依乃が事故に遭ったの」

「え……」

「軽トラックとぶつかって、ひどく頭を打って……」

「博香、それって――」

「助からなかった。病院に駆けつけたときにはもう……。友達に会いに行くって元気に出かけていったのに、遺骨になって帰ってきたの」

ぐらんと頭が揺れた気がした。紫依乃ちゃんが事故で亡くなった……？

待って。だってこの間もここの入り口で会ったばかりだよね。

博香が目を開くとその瞳に涙がいっぱい溜まっていた。

「お葬式の翌日……覚えてる？　今年最初の流星群が観測されたの」

「うん……」

「ウワサで『流星群は奇跡を運んでくれる』っていうのがあって……。きっとそれも伝説のひとつなんだと思う。信じてなかったんだけど、藁《わら》にもすがる思いで天文台へ行ったんだ。すごくたくさんの人がいてね……」

苦しそうに息を吐きながら博香は続ける。

「少しでも高い場所に行きたくて、さらに山道を登ったの。必死で登っているうちに空に流星が流れた。すごい数の星に本気で願ったんだ。『紫依乃を返してください』って……」

頬に涙をこぼした博香の口元に笑みが生まれた。

「次の日の朝、リビングに行ったら紫依乃が朝ご飯を食べてた。『お姉ちゃん起きるの遅すぎ』なんて、いつもみたいに生意気なこと言ってるんだよ」

そっか……そういうことだったんだ。紫依乃ちゃんも流星群の奇跡によってこの世界に戻ってきているんだ。

「私、信じられなくて、でもうれしくて。紫依乃に抱きついたんだよ。流星群が奇跡を運んでくれたんだ、紫依乃を返してくれたんだ、って」

「博香も、私と同じなんだね」

ゆっくりうなずく博香の表情がにわかに曇る。

「紫依乃が亡くなったことは、親の記憶からは抜けていた。事故を伝えた新聞からも記事が消えていて……。だから、うれしい気持ちと同じくらい不安になった。また流星群が紫依乃を連れていってしまうんじゃないか、って」

「うん」

同じだよ。私も同じ不安をずっと抱えている。無意識に博香の腕を抱きしめていた。

「紫依乃に尋ねたら、〝星の子〟になったんだよって無邪気に笑うの。言葉の意味を聞いてもわからないみたいで……。だから、私は紫依乃を守らなきゃって、そう思った」

きっと博香は、誰かにこのことがバレるんじゃないかと怯えていたんだ。紫依乃ちゃんの学校の送り迎えをしたのも、クラスで話さなくなったのも、いつか来るかもしれない別れが怖くて……。

私にはその気持ちがイヤってくらいわかる。壱星と再会できたうれしさと同じくらい、不安な気持ちを抱えているから。

ふと、博香に尋ねられた言葉が頭に浮かんだ。

「前に壱星のことを〝星の子〟なの、って聞いたよね？　ずっと気になっていた。どうして紫依乃ちゃんと同じだってわかったの？」

「ああ」と博香は再び本のページをめくった。

「紫依乃のことをじっと見ているとね、体が光ってることに気づいたの。昼間だとあまりわからないけど、夜になると薄くて黄色い光に包まれている。きっとそれが紫依乃の言う〝星の子〟なんだと思った」

「光る……？」

「そう」と、博香はさみしそうに目を伏せた。

「前に駅前で紫依乃といるときに会ったよね？　私、急に急いで帰っちゃったけど、あれも周りが暗くなってきて、紫依乃の体から出る光が強くなったからなんだ」

なにかに怯えたような顔をしていたのはそのせいだったんだ。

「紫依乃ちゃんが光ってること、全然気づかなかった。ひょっとして……壱星も光っているの？」

「あの日、久しぶりに見た駒田くんの体が光っているのを見てビックリした。だから萌奈に聞いたの。ひょっとしたら、駒田くんも〝星の子〟なんじゃないかって。萌奈も意識すれば光ってるのが見えるはず」

そうだったんだ……。私たちは同じ体験をし、同じ悩みを抱えているんだ。

流星群がふたつの命を運んできてくれた。ふたりは〝星の子〟になり、やがて星が空に帰る日までこの世界にいる。

だとしたら……。

「ねえ、博香。これから私たち、協力しようよ」

「協力？」

「博香の苦しさや悩みを一緒に抱えたい。できれば、私のもお願いしたい。悩みが軽くなるかはわからないけど、ひとりで悩むよりはいいはず」

きょとんとした博香が、少しの間を置いて少しだけ笑った。

「なんだか意外。萌奈って、もっと受け身だと思ってた」

「私もそう思ってた。だけど、ちゃんとこの奇跡の意味を知りたいって思うの」

まだ壱星がいなくなる日はわからない。受け止められるかもわからない。

でも、待つだけの自分はもうイヤだから。

「うん」

「うん」

久しぶりに博香と笑い合えた気がする。

「じゃあ一緒に伝説のページを探そう」

パラパラとページをめくりながら博香は続けた。

「萌奈……ありがとう」

「私こそありが――」

「ちょっと！」

言葉の途中で、望海の声が頭上から降ってきた。

「ふたりでなにやってんの。ずっと二階で待ってたんだからね！」

望海の前髪がヘンな形になっている。おそらく机に突っ伏して寝ていたのだろう。

博香も気づいたらしくおかしそうに笑いながら、望海の手を取り座らせた。

「探している言葉があるの。望海も協力して」

「いいよ。なんて言葉？」

自分のほうへ本を向けた望海が本をめくりながら尋ねた。今度は私が言う番だ。

「〝星の子〟と、〝星が空に帰る日〟って言葉だよ」

私をチラッと見た望海が首をかしげた。

「魔法の言葉かなにか？」

「そういうのじゃなくて――」

どこまで望海に説明していいかわからずあいまいに濁していると、

「はい、見つけたよ」

と、望海が本を私たちのほうへ向けた。

「え、まさか……」

こんなに早く見つけられるはずがない、と思いつつ本を見る。

「あたし、こういうの得意なんだ。ほら、ここだよ」

真んなかあたりを指さす望海。そこには、たしかにふたつの言葉が記されていた。

【流星群の伝説15】
流星群の夜に、心からの願いごとはかなう。流星が運んだ魂《たましい》は、星の子として地上へ戻る。星が空に帰る日は、すべて取り除いたとき。海の力に助けられ魂は夜空に帰るだろう。

駅前に戻ると、博香は小走りで去っていった。紫依乃ちゃんが待つ家へ急いで帰るのだ。

私は学校に行けば壱星に会えるけど、博香のように離れてしまう時間が長ければ不安になるだろう。

壱星と紫依乃ちゃんが同じ〝星の子〟だと知ったからこそ、博香の様子がおかしかった理由も理解できた。

まだ夕方前というのにどんどん空は暗くなっている。今夜は雨が降りそうだ。

「ねね、さっきのなによ」

隣を歩く望海とは途中まで帰り道が同じだ。

「あの本のこと？」

「そうだよ。ふたりして熱心に見ちゃってさ。せっかくあたしが見つけてあげたっていうのに黙りこんで、意味がわかんないんですけど」

「そりゃ、望海が見つけてくれたのは助かったけどさ……」

書かれた文章の意味を考えようとしたとたん、望海が『もう帰ろうよ』とダダをこねだしたのだ。結局、メモ帳に文章を書き写してから図書館をあとにした。

でもな、と横顔の望海に目をやる。

不思議な話だけど、私だけじゃなく博香までもが流星群の奇跡を体験している。博香に起きていることは言わないまでも、壱星のことは望海に伝えたい。

そうだよ。誰を差し置いたとしても、まず望海に話をするべきだったんだ。

「望海」

「んー？」

アクセサリーショップに顔を向けている望海。ちゃんと伝えるなら、ふたりきりの今しかない。

「話したいことがあるの。壱星のことなんだけど――」

言いかけたところで望海が「あ！」と大きな声をあげた。

「しまった。壱星に頼まれてたの忘れてた！」

「壱星に？」

「壱星からLINEが来たんだよ。萌奈のスマホ、マナーモードになってるって。伝言頼まれてたのに忘れてた。失敗失敗」

焦った様子もなく、望海は照れたように笑っている。

「伝言ってなに？」

「あのね、ちょうど検査入院終わって帰るところだから、駅ビルのなかで待ってるってさ」

「ええっ、それっていつのこと？」

「あたしが図書館で目覚め――ふたりを待ってたときだよ。もう帰るころかな、って思って、三十分後には着くよって言っちゃった」

スマホを見ると、不在着信の履歴とメッセージが表示されていた。【今、駅ビルに入ったとこ】という最後のメッセージから一時間も過ぎている。

苦い顔をしていたのだろう、望海は下唇をとがらせた。

「しょうがないじゃん。ふたりの様子がおかしかったから心配になって、忘れちゃったんだもん」

さも正しいと言わんばかりの言い訳のあと、望海は私の肩に手を置いて、駅ビルがある方向へ体を向かせた。

「ほら、壱星が待ってるから急がないと。くれぐれも伝言し忘れたのは内緒だからね。バイバイ」

さっさと帰っていく望海をため息で見送ってから、Uターンして駅ビルに駆けこんだ。暖房がついているおかげで寒さなんて一瞬で忘れてしまった。駅ビルの奥にある書店の入り口で、壱星は壁に貼ってあるポスターを眺めていた。私を見つけて駆けてくる壱星を見ても、まだ慣れない。今この瞬間が夢なのではないか、と無意識に疑ってしまう。割れたグラスに悲しみの雨粒が、途切れなく注がれている気がして苦しくなる。だけど、そんなこと言ったら壱星を困らせるだけだろう。

「遅くなってごめん」

　両手を合わせて謝る。

「よう。こっちこそ急に悪かったな」にこやかに笑う壱星の手には、彼のお気に入りのスポーツバッグが握られている。

「スマホ、全然見てなくって気づかなかったの。望海にも伝言くれてたのにごめんね」

「全然いいよ。俺が萌奈に会いたかったんだから」そんなことを言う壱星に、瞬間で顔が熱くなってしまう。人波を避けながら駅ビルの外に出ると、火照《ほて》った頬に風が気持ちいい。

「検査入院どうだった？」

「先生も驚くくらい病気は完治してた。生きているうちに体験したかったけどね」ふふ、と笑う横顔に胸が少し痛い。そうだよね、壱星は〝星の子〟だからいつかはいなくなってしまうんだ。

　心のなかに今の空のような厚い雲が覆っていく。笑っていなくちゃ、心配させないように元気でいなくっちゃ。そう思えば思うほどに泣きたくなってしまう。

　急にグイと肩を寄せられた。

「冗談だよ。そんな顔しないで」

「あ、うん」

　壱星の前ではどんなウソをついても見抜かれてしまいそう。

　十二月の町はクリスマスムードに染められていて、街路樹にはLEDのライトが光っている。ディスプレイもクリスマスセールを謳《うた》っているものばかりだ。

　抱き寄せられた部分からじんわりと壱星のやさしさが染み渡ってくる。さっきとは違う、うれしい涙が瞳に滲んで町をぼやけさせている。悲しくて、笑って、うれしくて……私は泣いてばっかりだ。

　瞳に力を入れて涙をこらえた。涙顔よりも笑顔の私を覚えていてほしいから。そういう思考そのものが、別れを意識しているみたいで切なくなる。

　横断歩道の信号が赤色に変わり、抱かれた手がほどかれた。

「図書館での女子会は楽しかった？」

　空を見ながら壱星が尋ねてきた。やっぱり、壱星には伝説のことを伝えておいたほうがいいだろう。

「そのことなんだけどね……」

図書館での出来事を少しずつ話した。その間、壱星は真剣な顔で聞いていたけれど、紫依乃ちゃんの話をしたとたん、目を大きく見開いた。

「驚いた。あの子も俺と同じだったんだ。全然気づかなかった」

「私も。そのことで悩んでいる博香のこと、全然わかってあげられなかった。もっと早く話を聞けばよかった」

そう言う私に、壱星はなぜかフッと笑みをこぼしたかと思うと、私の頭に手を置いた。

「きっとこのタイミングだから話してくれたんだよ。萌奈だって同じ。やっとふたりが話せるタイミングが今日だったんじゃないかな」

「あ、うん……」

信号が青になり、周りの人が流れていく。いつの間にか頭に置かれた手は離されていた。

図書館で書いたメモを広げても、夜が訪れた町ではうまく見えなかった。スマホのライトをつけてふたりで覗きこんだ。

文字をじっくり読んだあと、壱星はため息をついた。

「〝星が空に帰る日〟ってのは本当にあったんだな」

「いつのことなんだろう……」

「場所は海っぽい。夜空って書いてるから時間は夜だろうな。俺もまた図書館で調べてみるよ」

「うん」

明るく答えながらも鼻がツンと痛い。

泣きたくないのに、よくわからない感情がお腹のなかで大きくなっていく。

酔っぱらったサラリーマンらしきふたり組がゲラゲラ笑いながら通り過ぎていく。

スマホのライトを消せば、ふわりと視界になにかが映った。

壱星の体から、薄い黄色い光が生まれている。目を凝らさないと見えないほどの弱い光で、燃えているみたいにユラユラと。

まるで……冬に光る蛍《ほたる》みたい。

――やっぱり、壱星は〝星の子〟なんだね。

こらえていた涙はあっけなく頬にこぼれた。

気づかれないようにうつむいても、肩が指が足が震えている。

「泣くなよ。ちゃんとさよならを言いたくて戻ってきたんだから」

壱星のせいじゃない。むしろ、彼は私のために流星に乗って戻ってきてくれたのだから。

だけど、感情がバグったみたいに涙が止まらなかった。

壱星は頬の涙を拭ってくれながら「じゃあさ」とやさしく目を細めた。

「萌奈はどうしたいの?」

「どこにも行かないで……ずっとそばにいてほしい」

しゃくりあげながらなんとか言うと、壱星は困った顔で笑う。

「それはルール違反」

「……わかってるよ」

涙を拭いながら答えた。少し涙はおさまったみたい。

「インスタにアップした場所、もっと行くか」

「うん」

「もうさ、学校サボってもいいんじゃね?」

いたずらっぽく笑う壱星の向こうで、青信号が点滅していた。

第五章　あの月に似ている

光前寺《こうぜんじ》は、駒ケ根市の観光名所として有名なお寺だ。駒ケ根駅からバスが出ているし、高速道路のインターチェンジからも近い。

寺の入り口にある大きな門の先にはなだらかな階段状の坂道が続き、昨晩から降り続く雪の向こうに見える本堂は幻想的な雰囲気を漂わせている。左右にある石垣にもうっすら雪が積もっていて、足元が滑りそうで怖い。

私がここに来たのは三度目で、一度目は物心がつく前のこと。アルバムに挟んである写真のなかに、お母さんと一緒に写る私がいた。

二度目はこの夏で、インスタ用の写真を撮りにひとりで訪れた。

そして今日が三度目。壱星と一緒に来ることができてうれしいけれど……。

「ねえ、やっぱりよくないんじゃない？」

門をくぐったところで壱星に小声で聞いてみる。

「この服、一回も着てなかったやつなんだけどヘン？」

黒色のマウンテンパーカーに青いマフラーを巻いた壱星がふり返る。口からのぼる息は真っ白だ。

「服は……似合ってる。うん、すごく似合ってるよ。そうじゃなくて、学校のことを言ってるの」

「ああ」と、あたりを見渡したあと壱星が私に近づいた。

「大丈夫だって。観光客に紛れてれば学校をサボってるなんてバレないよ」

「……大丈夫かな？」

大型バスからおりてきた観光客が私たちを追い抜いていく。

境内にはいたるところに紅葉が見られ、冬というのに燃えるような赤色に目を奪われる。日陰では薄い雪が積もり、赤と白のコントラストが鮮やかだ。

「萌奈は気にしすぎ。意外に人は他人のことなんて興味ないもんだぜ」

「そうだけど……」

誰かの視線を感じるたびに学校をサボっていることがバレている気がして落ち着かない。

「親には連絡してもらってるし問題ないって。補導とかされても病院帰りだってことにすればいいし」

学校にはお兄ちゃんが連絡してくれた。見返りにしばらく夕食担当をひとりでやることになったけれど。

「ほら、足元気をつけて」

手を差し出す壱星につかまる。そのまま手をつないで歩くには観光客が多すぎて、泣く泣く手を離した。

「おとといは……ごめんね。私、すごく迷惑かけてる」

泣きじゃくったせいでこんなことになってしまった。壱星はやさしいから、私を元気づけるために学校をサボってまでこうして連れてきてくれている。

しょげる私に、壱星がニカッと歯を見せて笑う。

「全然いい。てか、学校は充分楽しんだから。ふたりでいろんなところに行けるのもうれしいし、それに――」

坂道をおりてくる人から私をかばいながら、

「萌奈がわがままを言ってくれたのがうれしい」

耳元で壱星はボソッと言った。それだけで頬が真っ赤になってる自信がある。

「あ、うん……」

壱星がまた手をつないでくれた。

「病気のせいで恋人らしいことあんまりできなかったからさ」

「そんなこと……ないよ」

つき合ってからの毎日はずっとずっと幸せだった。病気がわかってからは学校で会う機会は少なくなったけど、好きな気持ちは変わらないどころか大きくなるばかりで。

気持ちをそのまま言葉にすればいいのに、本当に伝えたいこととなると尻ごみしてしまう。

木々の間から差しこむ朝日が、壱星の横顔を明るくしたり暗くしたりしている。

こんな日がずっと続けばいいのに。

かなわないから、人は願いごとを口にするのかもしれない。

中腹にあるみやげ物屋まで来ると、「こっち」と壱星が私の手を引いた。

参道から脇道にそれた先にある看板には、この先に庭園があると書かれてある。小さな門の奥に、冬枯れの庭園が広がっていた。

「ここ、写真撮る?」

壱星の問いに首を横に振った。

「うーん、ここはいいかなあ」

前に来たときも、このあたりの写真は撮っていないし。

「そういえば、インスタの更新止まってない?」

指摘されドキッと胸が鳴った。

最後にアップしたのは図書館の写真。もうずいぶん前のことに思えてしまう。

「あんまりいい写真がなくって……」

本当は違う。あいかわらずひとりで写真を撮ってはいるのにアップできずにいる。

壱星の写真が記録に残らないと知ってから、なぜかインスタへの熱も冷えた。もともと壱星の顔は出していなかったのに、乗り気にならない理由は自分でもわからない。

……こんなこと言ったらきっと壱星は責任を感じちゃうよね。

「へえ」と、口元までマフラーをあげた壱星の目がやさしい。

「てっきり俺が写らないからかと思ってた」

「……違うよ」

鋭い壱星から逃れるように本堂への道へ戻った。

観光バスが出発するらしく、観光客が急ぎ足で上からおりてくる。まるで徒競走をしているみたいで、ふたりで少し笑った。

なだらかな坂道の向こうに本堂が見えてきた。石の階段を一段ずつ、手をつないであがる。

「ここで問題です。この寺が人気なのはどうしてでしょうか？」

突然クイズ番組の司会者みたいなことを壱星が言った。

「え、なんでだろう」

観光名所なのは知っていてもその理由までは知らなかった。

「紅葉がキレイだから」

「不正解」

間髪入れずに言われてしまった。

光前寺は古い寺院らしく、灯篭《とうろう》や石垣もコケだらけ。本堂の上から見渡すと、三重塔をはじめとするいくつかの建立物が見えた。

「マイナスイオンがたくさんあるから」

「それも不正解」

答えの出ない私に、壱星は自慢げにアゴをあげた。

「この寺は心願成就のご利益があるんだって。本堂の不動明王《ふどうみょうおう》に心から願えば聞き入れてくれるんだってさ」

「え、それって流星群みたい」

「だろ。だから二重でお願いすればいいかも、って」

「そういうのって神様と仏様がケンカになったりしないの？」

本堂の賽銭箱《さいせんばこ》の前に進む壱星に尋ねる。神社やお寺など、いくつも回るのはよくないって聞いたことがあったから。

「流星群が神様なら怒るかもしれないけどな」

気にした様子もなく壱星は財布を取り出している。

そうだよね。このままじゃ壱星はいなくなってしまう。できることが神頼みしかないのは悲しいけれど、私も祈ろう。

一礼してお賽銭がわりの百円玉をそっと入れてから手を合わせた。

——どうか神様、壱星を連れていかないでください。

午後からは、最初の計画では駒ケ池《こまがいけ》に行くはずだった。インスタにアップしていたし、ふたりで行ったこともなかったから。

駒ケ池行きのバスを待っている間に、バッグのなかのスマホに着信があった。見ると何件も不在着信があり、表示されている名前は博香だった。

そのため急遽《きゅうきょ》予定を変更し、博香に会うために駒ケ根駅に戻ってきたのだ。

博香は待ち合わせ場所に『アンダーグラウンド』という喫茶店を指定してきた。駅から徒歩で行ける言われ、スマホの地図を頼りに歩く。

「スマホのナビってよくわからなくなる」

ボヤきながら画面を確認する。さっきから、目的地から遠ざかったり近づいたりをくり返している。

「いいんじゃね。迷子も楽しいし」

鼻歌と一緒に歩く壱星に、「だね」とうなずくと、目の前に〝こまがね通り地下名店街〟と書かれた地下道へ続く階段が現れた。

「あ、ここだ」

『アンダーグラウンド』の公式サイトには、〝地下名店街1F〟と書かれてあった。階段の先は薄暗く、ロールプレイングゲームの登場人物になった気分。いや、ホラー映画のほうが近いかもしれない。

躊躇《ちゅうちょ》する私に気づかず、スタスタと壱星が階段をおりていく。

長い階段の先には、飲食店が頼りない照明のなか並んでいた。スナック、居酒屋、バーなどがあり、どれもシャッターがおりている。

目的地である『アンダーグラウンド』はダンジョンのいちばん奥にあり、よく言えば昔ながらの喫茶店、悪く言うなら古ぼけた印象だった。

なかは思ったより広かったけれど天井が低いせいで圧迫感があった。なんとなく息苦しい感じ。

マスターと呼ぶのにふさわしい初老の男性がカウンターのなかにいて、奥には四人掛けのテーブルがいくつかあった。

その手前のテーブルに博香を見つけた。博香はパーカーにジーンズ姿でアイスコーヒーを飲んでいた。

向かい側にふたりで座ると、博香は私ではなく壱星をいぶかしげに見た。

「やっぱりふたりでサボってたんだ」

「そんなところ。博香も？」

壱星は平気な顔でメニューを眺めている。

「まさか」と博香は即行で否定した。

「ちゃんと授業には出てたけど、午後は自主休校にしたの」

そうじゃないと私たちが休んでいることも知らないはずだもんね。

ひとり納得していると、博香はなにか言いたそうにチラチラと私を見てくる。

意味がわからずに眉をひそめると、あきらめたように博香は肩で息をついた。

マスターがオーダーを取りに来たので、ふたりしてリンゴジュースを頼んだ。そのころにはもう、博香はじっと黙ってテーブルに視点を置いていた。

ここは私が尋ねるべきだろう。

「ねえ、いったいなにがあったの？」

電話では『とにかく会って話したい』の一点張りだった博香。なのに、急に口が重くなっている。

「ううん」

「デート中にジャマしてごめんね」

「どこに行ってたの？」

「光前寺だよ」

「いいよね、あそこ。風情があって」

ダメだ。なかなか本題に入ろうとしない。

ジュースが運ばれてきた。意味もなくストローでかきまぜながら様子を見ていると、博香は決心したように壱星を見た。

「萌奈から伝説の話は聞いているの？」

「ああ、聞いたよ。妹さんも俺と同じだったなんて驚いたよ。……つらかったな」

「あ、うん。でも、駒田くんと萌奈だって同じだよ」

不思議な会話のあと、博香は決心したようにテーブルの上にメモを置いた。

A5サイズのコピー用紙に、パソコン打ちされた、あの日見た言葉が並んでいる。

【流星群の伝説15】

流星群の夜に、心からの願いごとはかなう。流星が運んだ魂は、星の子として地上へ戻る。星が空に帰る日は、すべて取り除いたとき。海の力に助けられ魂は夜空に帰るだろう。

用紙のはしっこに右手を置いたままで、今度は私の目を博香はじっと見てくる。

「駒田くんも紫依乃も、〝星の子〟として戻ってきた。でも……〝星が空に帰る日〟にいなくなっちゃう」

あまりに真剣な口調に、なにも言えないままうなずいた。

「怖かった。紫依乃がまたいなくなるなんて考えたくない。でも、その日が来るなら、いつなのかちゃんと知りたいと思った」

同じだよ、博香。私も怖いけど知りたいって思ってる。

「ひょっとして博香……わかったの？」

恐る恐る尋ねる私に、博香は首をかすかにかしげた。

「ずっと考えてたけれどわからなかったの。でも、今日の三時限目のあと、芹澤くんが話しかけてきたの。『なんかパズルでも解いてるの？』って」

「セリが？」

「ずっと机の上にこのメモを置いてたからそう思ったみたい。慌てて隠そうとしたけれど、芹澤くんが先に手に取っちゃって……」

「はは。あいつならやりかねない」

壱星が笑い声をあげ、ふさわしくないと思ったのか慌てて口をへの字に結び、咳払いでごまかした。

博香が「でね」と続けた。

「さらっと見ただけなのに、芹澤くん、すぐにわかったみたいなの」

「え!?」

これには驚いてしまった。そんな簡単にわかるなんて思ってもいなかった。

「いつなの？」

前のめりになる私に、博香は人差し指をメモの真んなかあたりに移動させた。

「〝すべて取り除いた日〟って書いてあるでしょう。〝夜〟って単語も出てくるから、〝すべてのことを取り除いた夜〟……つまり〝除夜の夜〟のことじゃないか、って」

たしかに〝すべて取り除く夜〟と考えれば、大晦日《おおみそか》の夜かもしれない。ううん、むしろそうとしか思えなくなってきた。

息をするのを忘れていたみたい。肺に酸素を取りこむと、やっと思考が動きだすのを感じる。

「あ……大晦日って……」

今日は何日だっけ……。

「今日が十二月五日だから、あと一カ月もないんだな」

つぶやく声に顔をあげると、壱星と目が合った。

一カ月を切っているってこと……？

しんとした空気が店内に重く広がっていくのを感じた。

「うう……」

うつむいた博香の瞳から、涙がテーブルに落ちた。あまりに急なことでびっくりしてしまう。

「あと一カ月もないなんて、紫依乃とまたさよならしなくちゃいけないなんて……」

「博香」

隣の席に移り、その小さな肩を抱いた。

そうだよね、こんなのないよね。でも、なにか言葉にしてしまうと、一緒に涙もこぼれてしまいそうで。

「やっぱりつらい。つらくてたまらないよ……」

私の肩にギュッと頭を押しつけたまま、博香の声が震えている。

「紫依乃が死んじゃって……あんなに悲しかったのに、またあんな気持ちにならなくちゃいけないなんて。そんなの……ムリだよ」

「うん……そうだよね」

「ねえ、萌奈。私たちが流星群に願ったことで奇跡は起きたんだよね？　こんなに苦しいのに、再会したことに意味があるのかな……」

あっけなく私の頬にも涙がこぼれる。

ひとりで耐えられなくなり、博香は会いたいと連絡をしてきたのだろう。

私だって同じだよ。もう少しで壱星と二度目のさよならをするなんて信じられない。

博香の言うように、再会さえしなければ一度の悲しみで済んだのにって思ってしまう。

鼻水を啜った博香が「あ」と短くつぶやき壱星を見た。

「ごめんなさい。駒田くんだって困るよね」

首を横に振る壱星の気持ちが読み取れない。

博香も同じように思ったのだろう、また私の肩に顔を押しつけ、声を殺して泣きはじめた。

悲しみは共有できない。

壱星が一度亡くなっていることを博香以外の人たちは知らない。きっと説明したってわかってもらえないと思う。

でも、博香の悩みを一緒に抱えるって約束したから……。

二分の一の悩みがふたつ。合計でひとり分でも、孤独に溺れるよりもマシはなず。

『再会したことに意味があるのかな』

さっきの博香の言葉がずっと耳元でリフレインしている。

答えられなかったのは、同じことを思っているから。二度目の別れは、あまりにも残酷で心細くて、この事象に意味なんてない気がしてしまう。

いつもなら感情にフタをし、相手を安心させられる言葉を選べるのに、今日の私はどこかおかしい。

声をかけられないのは、壱星を見送る勇気なんて今の私にもないから。迷路で行き止まりにり、右往左往している気分になる。

結局、店をあとにするまで壱星は黙ったままだった。

博香と別れ、駅へ向かう道すがら、私たちはほとんど話をしなかった。

『紫依乃の好きなケーキを買ってから迎えに行く』

泣きはらした顔で博香は言っていた。

私もきっとおんなじ顔をしているはず。体がだるくて、まるでプールの授業のあとみたい。

駅まであと少しというところで、信号が点滅したので足を止めた。

壱星はやっぱりなにも話してくれない。まるで冬を読むように曇天の空を見あげている。

楽しかったデートから一転、今は悲しみのなか、ふたりぼっち。こんなにそばにいるのに触れることもできない。

ああ、ダメだ。気持ちがどんどん落ちていく。

なにか話しかけよう。せめて今日の最後に笑い合えるように。

けれど、

「大晦日なんて、すぐに来ちゃうな」

壱星がそんなことを言うから、奮い立たせた気持ちは風船みたいにしぼんでしまう。

「そうだね」

「金曜からは期末テストだしやばいな」

「え？」

冗談かと思ったけれど、壱星はスマホでスケジュールを呼び出し見せてきた。

「初日の科目のなかで萌奈ががんばらないといけないのは日本史Bだな。あとは数学Ⅱか。どっちも中間の点数悪かったもんな」

「私、点数まで言ったっけ？」

たしかに、あまりできなかったとは言ったけど、点数までは教えてないような……。

ううん、壱星を元気づけたくて伝えたような気もする。

でも今はそんなことより、壱星がいなくなることが大きな問題なのに。期末テストなんてどうだっていいのに。

モヤモヤした気持ちで、横断歩道の向こうで光る信号の赤を見つめた。景色が滲んで見えるのは、また私が泣きそうになっているから？

そういえば、この間のデートのあとも交差点で泣いちゃったよね。まるで私ひとりが悲しんでいるみたいで、もっと悲しくなる。

海岸に波が打ち寄せるように次々に押し寄せる感情。ざぶんざぶん、と打ちつける波に、今にも溺れてしまいそう。

「そんな顔すんなよ」

「……うん」

壱星との二度目のさよならの受け止めかたがわからない。

どうしてそんなに平気な顔をしているの？　もうすぐ会えなくなるのに平気なの？

「壱星のほうは勉強……大丈夫なの？」

聞きたいことにフタをして、会話を続けた自分を褒めてあげたかった。せめて今日の最後くらい笑顔で別れたかったから。

なのに、壱星は言う。

「俺は受けないよ」

「え？」

「予定では明日、高校を変わることになってるから」

信号が青に変わった。歩きだす人たちのなか、私たちは向かい合って動けずにいる。

これも前と同じ……。

「高校を変わるってどういう……」

「通信制の高校に編入することになってたんだよ」

「通信制……。高校、やめちゃうの？」

なにかで刺されたような胸の痛みが生まれた。

いったいなにを言っているの……？

「実はさ、どうあがいても留年確定だったんだよ。毎日通っても百三十三日っていう出席日数には足りないことがわかって、親が手続きしてくれた」

今度は鈍器で頭を殴られたみたいな痛み。うめくように息を逃せば、一緒に涙がこぼれ落ちた。

「そんな大事なこと……どうして……言ってくれなかったの？」

「あ、そうだよな。本当にごめん。違うんだよ、具合悪いときに決まってさ。いつか言おうと思ってる間に死んじゃって」

声が耳の上あたりを通り過ぎていく。全然、言ってることがわからないよ。

「流星群のおかげで戻ってこられたから、てっきり編入の話もなくなったと思いこんでた。でも、親から昨日言われて思い出して――」

「なにそれ……」

攻撃するような言葉が口からこぼれた。

「怒るのはわかる。俺だって同じことされたらムカつくだろうし。とにかく、ごめん」

頭を下げる壱星に、本当は泣いて責めたかった。

でも、と無理やり気持ちを静める。かなり強引にだけれど。

「じゃあ明日からはどうするの？」

「入学の手続きとかで、明日は新しい高校に行かなくちゃならないんだ。親も心配してるし。でも、そのあとはなにもしないつもり。やったってムダだろうし」

──それは、大晦日にいなくなるから。

「代わりに萌奈のテスト勉強、俺がちゃんとつき合うから」

──それも、大晦日にいなくなるから。

「だから、ごめん」

痛いほどの冷たい風が、頬の涙を冷やしていく。信号がまた赤に変わり、車が交差し流れていく。

ふう、と息を吐いて私は少し笑う。

「バツとしてケーキくらいおごってよね」

もうすぐ来る別れの準備を彼ははじめている。私がそれをできないのは、自分自身の責任。そのことで、壱星を困らせたくはなかった。

ホッとした壱星が「任せとけ」と自分の胸を叩《たた》いた。

片想いみたいな恋だな、って思った。

翌日は寝不足の体を引きずって学校へ行った。

意を決し、望海に「話がある」と言ったときの反応は予想外のものだった。

それまでニコニコとしていたのに、バッと両手を耳に当てたかと思ったら、「あーヤダヤダ、聞きたくない！」と、天井に顔を向けて叫んだのだ。

そんなに拒絶されると思わなかったので驚いてしまった。

「萌奈の置き菓子、食べてなんかいないもん」という訴えにより、望海の前科が判明してしまうこととなったけれど、なんとか放課後話を聞いてくれることとなった。

たったひとつの誤算は、昼休みの教室でその話をしたことだ。

放課後、駅前のファストフードに現れたのは望海だけじゃなかった。

「なんで？」

眉をひそめる私にセリは、「え、なんで？」と同じように答えてきた。

まさか望海がセリを連れてくるなんて予想外のことだった。

「前だって三人で話したじゃん。友達のピンチに駆けつけるのは当然のこと。あ、僕コーラーとポテトね」

あっけらかんと言ってのけるセリから望海へと視線を移すが、あさってのほうを見てごまかしている。

「望海」

じとっとした顔で言うと、望海は「だってぇ」と普段よりも糖度の高い声を出した。

「あたしひとりじゃ厳しそうだったし。昔から『三人寄れば文殊《もんじゅ》の知恵』って言うでしょ。ひとりよりもふたり、ふたりよりも三人いたほうがいいってこと。ポテトとコーラね、了解」

言うだけ言ってカウンターへ逃げていく望海。

まったくもう……。まあ、たしかにセリに知ってもらうのもいいかもしれない。

意識せずにあくびがひとつこぼれた。

昨日はほとんど眠れなかった。寝がえりのたびに、壱星の言ったことを思い出したり、博香のことを考えたりした。

大晦日の夜に壱星がいなくなってしまう。あまりにもショックすぎて、壱星にまた迷惑をかけてしまった。

壱星が転校することを言えなかったのは、彼の言う通り失念していたのもひとつ。もうひとつは、ふたりとも余裕がなかったせいもある。

冷静になればわかるのに、私はちゃんと謝ることができなかった。勝手にケンカを吹っかけたみたいでイヤな気持ち。作り笑顔でその場をおさめたことなんて、きっと見抜かれてるよね……。

素直に謝ればいいのに、今朝のＬＩＮＥにもそっけない挨拶を返してしまっている。

スマホを眺めているセリを見て思い出す。

「伝説の意味を解いたのってセリなんでしょう？」

「伝説？」

不思議そうな顔をしたあと、溶けたバターみたいにふにゃっとセリは相好を崩した。

「ああ、あのメモのこと？　あれは簡単すぎたね。レベル２って感じ。博香ったらすごくよろこんでくれてさぁ。そのときの顔ったら――」

話が長くなりそうなので、「でね」と中断した。

「大晦日の夜という答え以外にも、ほかの答えってなにか思いつかない？」

もっとのろけたかったのだろう、セリはムッとした顔になった。

「ないよ。あの問題の正解はあれだけ。それ以外は考えられない」

「そう……」

やっぱりそうなんだ。

もう暗記するほどくり返しつぶやいているし、セリの答えが正解だと私も思う。

でも、どうしても認めたくない。あと少しで壱星と離れるなんて信じたくないよ。

落ちこむ私に、セリが戸惑ったように「え……」とつぶやいた。

「ひょっとして、あのメモが萌奈の失恋と関係あるの？」

「失恋？」

きょとんとする私に、セリはしまったという顔をした。

「コラ、失礼なこと言わない約束したでしょ」

トレイを抱えた望海が戻ってきた。

「ごめんごめん。でもさぁ――」

「でもさぁ、じゃない。こういうのってデリケートな問題なんだからね。あー、やっぱり連れてくるんじゃなかった。あんたはポテトなし」

「ひどい。もう言わないからごめんって」

ふたりの会話が想定外すぎてポカンとしてしまう。ふたりのなかでは、私が壱星にフラれたことになってるの？

「ちょっと待ってよ。私――」

ポンと肩に望海が手を置いた。その表情があまりにも慈悲に満ちあふれていたので言葉を失った。

「大丈夫だよ。あたしたちは萌奈の味方だから。なんだったらこれから壱星の家に押しかける覚悟もできてる。不幸の手紙を送りつけるのも協力するよ」

「なんで私が失恋したことになってるの？」

尋ねる私に望海は深くうなずいた。

「だって今朝の萌奈はひどい顔してたもん。ボーっとしてて、急に泣きそうな顔になったり。みんな心配してたんだよ。そんななか『話がある』なんて言われたら、これはもう失恋しかないでしょ。ね？」

同意を求められたセリも、私を悲しげに見つめてくる。

呆れた。ふたりともそんなこと思ってたんだ。

「違うって。いいから座って」

無理やり望海を座らせてから息を吐く。壮大な勘違いのおかげで、望海に話す不安はなくなったみたい。

セリも一緒だけど、今を逃すとテスト期間に突入してしまい、ふたりに余裕がなくなるのは目に見えている。言うなら今しかない。

「これまでも何度か話そうとしたけれどうまくいかなかった。でも、望海にはぜんぶ話をしたいの」

「僕も？」

「そう、セリにも」

うなずくと、セリはうれしそうにいそいそと居住まいを正した。

「あのね……」

私は流星群の奇跡が起きたことをふたりに話しだす。

怖くないよ。壱星がいなくなること以外、なにも怖いことなんてないから。

二日後、壱星は約束通り、テスト対策講座を開いてくれた。

久しぶりに来る壱星の部屋は、整理整頓したのがウソのように漫画や小説があふれていた。

あと驚いたのが、各科目のノートがきちんと取ってあったこと。聞くと、スマホで毎日、セリがノートの写真を送ってくれていたらしく、それを清書したそうだ。

ぎこちなくなるかな、と思っていたけれど、壱星はいつもと変わらない様子。新しい学校に挨拶に行ったことを淡々と話してくれた。

日本史の復習が終わり、休憩時間にやっと私も先日のことを打ち明けた。

「望海にね、壱星のことを話したの。なぜかセリもいたから、ふたりに話しちゃったことになるけど」

「そっか」

短い返答のあと、壱星が私を見た。

「で、ふたりの様子は？」

おばさんが淹れてくれたお茶を飲みながらうなずく。

「微妙かな。どちらかというと、信じていない感じだった」

あの日、順を追ってきちんと話をしたのに、ふたりの反応はイマイチだった。

『そんなことがあったんだね』『大丈夫？』『なんとか回避できるといいね』

そう言ってくれたけれど、言葉が上滑りしているような印象だった。私にバレないように目で合図を送り合っていたのも見た。

「勇気を出して話したのになぁ……」

たぶんあれは信じていなくて、むしろ私の精神状態を心配している感じだった。

ローボードに頬をのせてため息をつく。今日も教室で会ったのに、ふたりとも壱星の話には一切触れてこなかった。

壱星は日本史のテキストをしまうと肩をすくめた。

「そんなもんだろ。こんな非現実な話、誰も信じられないよ」

「でも博香は信じてくれたよ」

「妹さんが同じ立場だから当然。むしろ全力で信じたらちょっとヤバいって」

そうなのかな？　壱星が言うならそうなのだろう。

なんだか考えることばかりで、私の脳は少し疲れ気味だ。

「そういえば、転校したことってまだ内緒なの？　高谷先生、なんにも言ってなかったけど」

「先生に口止めしといたから」

「……なんで？」

疑問と答えは同時に頭に浮かんでいる。大晦日の日に消えてしまうのは同じだから、大ごとにしたくないんだよね。

意味もなくテキストをめくる私に、壱星はフッと笑った。

「違うよ」

「私、なんにも言ってないけど」

「顔に書いてある」

ひょいと顔を覗きこんでくる壱星に、思わず横を向いてしまう。これじゃあすねているのが丸わかりだ。

「もし転校したことを話したら、萌奈に質問が集中しちゃうだろ。みんなが俺に会いに来ることも予想できる。俺はふたりの時間を大切にしたいんだよ」

「知ってるよ、そんなこと」

自分でも、まるで子どもだって呆れてしまう。最近の私はこんなのばっかり。壱星は私のことを心配してくれているのに、すねているような態度ばっかり取ってしまう。

「最近の萌奈は、インスタどころかスマホで写真も撮ってないよな?」

「まあ、ね」

言い訳をしようとしても、なにを言えばいいのかわからない。

大晦日というリミットを提示されたとたん、写真を撮るのをやめてしまった。例えば空や白い化粧をした山、街角にあるクリスマスの装飾を見ても心が動かなくなってしまった。

この美しさを伝えたい人がもうすぐいなくなる。頭の大半を占めている悲しい未来が、私から気力を奪っていくようで。

「もう興味がなくなったみたい」

短い言葉にまとめた私に、壱星はやさしい顔でほほ笑むだけ。まるで、すべてのことを受け止めているような雰囲気を漂わせている。

お茶で唇を湿らせてから「ねぇ」と両膝を抱えた。

「壱星はもう、大晦日にいなくなることを受け止めているの？」

「そのつもりだけど」

あっけらかんと答えないでほしい。少しくらい悲しい顔を見せてくれてもいいのにな……。

ああ、本当に片想いみたいな両想いだ。こんなにそばにいるのに、壱星を今まででいちばん遠くに感じている。

「大丈夫？」

心配そうに尋ねる壱星にうなずいて、それから首を大きく横に振った。

「大丈夫なんかじゃない。壱星のことが……わからないよ」

「なんで？」

「だって……」と言いかけて口をつぐむ。膝の上に顔を落とし、首を横に振った。

「……いい。言いたくない」

これ以上余計なことを言って困らせたくないから。

それなのに、壱星はツンと私の頭を人差し指でつついてくる。

「いいから言えよ。萌奈が思っていることぜんぶ教えてほしい」

「…………」

「あーあ。前はなんでも話してくれたのにな」

冗談っぽく言う壱星にお腹のなかのモヤモヤが大きくなる。

「だって」

さっきよりも大きな声で感情をぶつけた。

「もうすぐ会えなくなるんだよ。あんなにつらかった別れがどんどん迫ってる。それなのにテスト勉強とか写真のこととか、そんなのどうでもいいじゃん」

テキストを乱暴に叩いても壱星は微動だにしない。これ以上なにも言いたくないのに、一度開いてしまった感情のフタの閉めかたがわからない。

「もう一度壱星に会いたい、って流星群に願った。会えてうれしかった。だけど、また別れを経験しなくちゃいけないなんて、そんなの……つらすぎるよ」

唇をかんでも壱星には響かない。沈黙に余計に傷つけられている気がした。

やがて壱星が静かに口を開く。

「俺たちの再会に意味はあるよ」

「意味なんてどうだっていいよ！」

なんで伝わらないの？　どうして私ばっかりさみしいの？

「再会した意味も、写真のことも、テスト勉強だってどうだっていい！　私は……私は……っ！」

もう泣きたくない。こんなみっともない姿を見せたくない。

「おいで」

手を伸ばす壱星を避けて、カバンに荷物を放りこんだ。

頭がパンクしそうなほどこんがらがっている。

「もう早くラクになりたい。壱星は〝星の子〟なんでしょう？　だったら私も一緒に連れていってよ。じゃないと、こんな苦しい毎日耐えられないよ！」

止まらない涙をそのままに言った。けれど、壱星は苦しそうな顔で視線を逸《そ》らした。

「それは……できない」

カバンを肩にかけて、息を吐く。

そうだよね……。きっと壱星はそう言うと思ってた。

「だったらもう……これ以上はムリかもしれない」

「萌奈」

「ごめん。しばらくひとりにして」

部屋のドアを開け廊下に出ると、早足で靴を履き替えて外に出た。

帰り道を歩きながらふり向いても、壱星は追いかけてこなかった。

いつの間にかチラチラと雪が降っている。街灯に照らされて降る雪は、今は悲しい景色にしか見えない。

壱星にひどいことを言ってしまった。激しく後悔をしているか、と問われればそれは違う。十分前に戻れたとしても私は同じことを言ったと思うから。

あれが私のなかにあった本心なんだな、と思った。

「萌奈ちゃん？」

声に顔をあげると、壱星のお母さんがスーパーの袋を提げて立っていた。

「もう帰るの？　夜ご飯作ろうと思ってたんだけど」

「うん。今日は……疲れちゃって」

「テスト大変だもんね。あまりムリしないでよ。あ、そうだ」

もっとうまくごまかせるはずなのに、涙声のまま言い訳をする。

おばさんは疑うことなく、スーパーの袋のなかからパックに入った三本入りのみたらし団子を取り出すと渡してきた。

「お夜食に食べてちょうだい。ここのみたらし団子は絶品なの」

「いいの？」

「当たり前じゃない。疲れてるときは甘いものがいちばんよ。実はもうひとつ、おススメのアンパンも買ったんだけど、これは最後のひとつだったからあげられないの」

もらうと言ってもいないのに、おばさんはスーパーの袋を体のうしろに隠した。そのしぐさに思わず笑ってしまった。

「この雪は積もらないと思うけど、帰り道は気をつけてね」

「おばさんもね」

お葬式の日に泣いていたおばさんを思い出す。

大晦日の夜に壱星がいなくなったら、またおばさんは泣くんだろうな。

この奇跡がもたらすもの、っていったいなんだろう。この雪のように溶けて消えるだけならば、なんの意味があるのだろう……。

おばさんと別れ、ひとり歩く帰り道。スマホを開くと、壱星から【悲しませてごめん】とLINEのメッセージが来ていた。

ため息は果てしなく白く、宙にのぼり薄れていく。その向こうには、丸くて大きな満月が浮かんでいた。

雪が降っているのに月が出ているなんて、あまりにも幻想的な光景だ。手を伸ばせば届きそうなのに、どれだけ背伸びしても届かない存在。

壱星と似ていると思った。

スマホをもう一度取り出し、通話画面を呼び出した。

コール音もやけに遠く感じられる夜だ。公園のブランコに乗るのは子どものとき以来だった。

昔よりも小さく感じるブランコは、やけに地面が近くて揺らすと恐怖さえ覚えた。話し終えると同時に、隣のブランコに座る博香が大きく息を吐いた。

「わかるよ。すごくわかる」

最初は壱星に電話をしようと思った。でも、あのぐちゃぐちゃした感情のまま会うより、同じ立場の人の意見を聞いてみたくなった。

お風呂に入ってすぐだというのに、博香はすぐに駆けつけてくれた。濡れた髪をそのままに、分厚いダッフルコートにくるまった姿に申し訳なくなる。

「こんな話してごめんね」

「ううん、大丈夫だよ。だって、望海たちも信じてくれなかったんでしょ？」

「そうなんだよね……」

キイとブランコが音を立てて揺れる。雪はまだチラチラと町を白く染めている。

博香がチェーンを持ったまま顔を空に向けた。長い髪から湯気がフワッと生まれ、まるで〝星の子〟みたい。

「私もさ、最近よく考えるんだ。流星群の奇跡の意味ってなんだろうって。紫依乃が戻ってきてくれたことがうれしくてたまらないのに、ずっと不安がまとわりついてる」

「うん、不安だよね」

「うれしさと同じくらい、この瞬間にも目の前から消えてしまいそうな気がするの。すごく贅沢な悩みだってわかってるんだけど、どうしようもないの」

手のひらに雪を落とし、見つめる博香。白い息がどんどん宙に逃げていく。

「紫依乃が消えてしまったらどうしよう。もしその日がきたら、私も一緒に消えたいって思ってしまう。どんどん気持ちが弱くなっているような気分」

教室で怯えたようにうつむく姿を思い出せば切なくなる。博香と同じ不安を、私も今感じているんだ……。

「私も同じ。〝星の子〟が私たちも一緒に連れていってくれればいいのにね」

それならこんなに苦しまずに、穏やかな気持ちで大晦日を迎えられるだろう。

博香の言うように、この奇跡に意味なんてない気がする。

ブランコをおりた博香が前の手すりに腰をおろした。私と向かい合う形になる。

「こんなに私は不安でいっぱいなのに、紫依乃はどんどん変わっていってる。『お姉ちゃんは強くならないと』とか『悲しい顔しないで』とか……今じゃ私より年上みたいなこと言うんだよ」

「紫依乃ちゃんが？」

うなずいた博香が寒そうに体を小さくした。

「大晦日のことだって『行きたい場所がある』とか言ってさ。どこに行くかはまだ秘密なんだって」

さみしげな博香になにか言ってあげたいけれど、言葉を選べないまま白い息だけを宙に逃がした。

「きっとね」と博香が私を見た。

「自分がもうすぐ消えてしまうってことを、無意識に理解してるんだよ。大晦日までの課題かのように、急に口うるさくなってさ……。だから、うちもケンカが増えてる。きっと原因は私にあって、また置いていかれる気がしてるからだろうね」

「ああ、それわかる。ひとりでさっさと前を向いてる感じがするもん」

きっと壱星も紫依乃ちゃんと同じなんだ。〝星の子〟にはそういう使命があるのかもしれない。

「私はムリだな」と、笑う博香の横顔がさみしい。

「前を向きたいけど、その先には永遠のお別れが待ってるだけ。悲しいよね」

「悲しいよね」

チェーンを握りしめてつぶやく。

「でもさ……やっぱり、再会できたことはうれしいんだよね」

さみしげに言う博香の隣に私も移動した。

「うれしいからこそ、さみしいよね」

「うん、さみしい」

ふたりで空を見あげると、もう雪はかすかに降っているくらい。

月の光はさっきよりも町をほのかに照らしていた。

第六章　星の子たち

テスト最終日は雨だった。

ようやくすべての科目が終わり、クラス全体に安堵《あんど》のため息が広がっている。高谷先生の話も、みんなどこか上の空で聞いている感じ。

テスト返却期間が終われば冬休み。あっという間に年末がやってくる。

「どうだった?」

うしろをふり返る望海に苦い顔を作ると、「あたしも」とため息を残して前を向く。

望海もセリもあれ以来、壱星の話はしなくなった。転校したことは知らないはずなので、体調が悪くて休んでいると思っているみたい。

窓に流れる雨粒を見る。少しみぞれ混じりでガラスに引っついている。このあと気温が下がれば雪に変わるかもしれない。

机にため息を広げた。あれから壱星には会えていない。

『ひとりで勉強したい』と言う私に、壱星はなにも言わなかった。

避けている場合じゃないのに、どうしても会う気になれずにいる。

モヤモヤした気持ちで受けるテストは、結果を見なくても最悪なのはわかっている。

ホームルームが終わると博香が席にやってきた。

「やっと終わったね。今朝もケンカしたせいで全然できなかった……って、言い訳だけど」

博香は明るくなったと思う。紫依乃ちゃんの送り迎えはあいかわらずしているそうだけど、前ほど思い詰めている様子もない。

「不思議なんだよね。少しずつ終わりの日に向かって覚悟ができているみたい」

コソッと報告する博香がうらやましくなる。

私は……私は全然ダメだ。

「萌奈はあれから会ってないの？」

「自分でもわかってるんだけど、怖くてたまらない。会いたいのに会えないって勝手に自滅してる」

博香の前では取り繕わない自分がいる。やっぱりちゃんと理解してくれている人がいるって心強い。

「このままでいいとは思ってないよね？」

顔を覗きこんでくる博香に、渋々うなずいた。

「今日は会いに行こう……かな」

「行ってらっしゃい」

ニッコリ笑う博香にうなずく。そうだよ、テストも終わった今なら会いに行ってもおかしくない。

決意を胸に、荷物をまとめようとするけれど、理由がなくちゃ会えない関係ということに勝手に傷ついてしまう。自分でも気づかないほど、私は複雑らしい。

「はい、みなさん注目です！」

声に顔をあげると、教壇になぜかセリが立っていた。何事かとみんなも視線を向けている。

「かねてより計画をしておりました年越しパーティのお知らせをしたいと思います！」

ワーッと拍手が鳴るのを、セリが慌てて止めた。

「待って待って。先生にバレてはいけない案件だからお静かに」

年越しパーティの話が出たのは最近のこと。光前寺のそばにある観光ホテルで立食パーティを計画しているという。学割がある店らしく、最後はカウントダウンをみんなでするそうだ。当然のごとく先生にバレないように参加を募っている。

「これは僕の友達が支配人の息子だから実現したものであり、なんと参加費はおひとり様千円、さらに税込みなんです。お得でしょう～」

通販番組の司会者みたいなセリに、また拍手が生まれた。

「てことで、最終確認を取りますので、まだ申しこんでいない人は集合！　参加しない人はどうぞお帰りください」

教壇に集まる人を背に、教室を出た。ほとんどの人が参加するのだろう、私と博香以外、誰も出てこなかった。

「萌奈は行かないの？」

　隣に並んだ博香が長い髪を触りながら尋ねてきた。

「そういう博香だって。大晦日はそれどころじゃないもんね」

　壱星がいなくなるその日がどんどん近づいてくるのに、あいかわらず動けないままだなんて情けない。

「博香は当日はどうするの？」

　昇降口で靴を履き替えながら尋ねると、博香は「ああ」と少し悲しい顔をした。

「家族旅行だよ」

「へえ……」

　いいね、と言いかけてやめた。家族全員がいる場所で、紫依乃ちゃんがいなくなるのはつらいよね……。

　なにも言えない私に、博香は「もう」とすねたような声になる。

「あの子が言い出したの。どうしても家族で出かけたいって。場所まで決めちゃってさ……。そんな悲しい旅行ないよね」

「うん」

　カサを差して外に出る。もう季節は完全な冬になっている。ちょうど来たバスに乗り、いちばん奥の席に並んで座った。暖房のせいで窓は真っ白に曇っている。

「望海に聞いたんだけど、インスタやめたんだって？」

前を向いたまま聞いてきた博香にうなずく。

「やめたというか、更新してないだけ。そのうち退会するつもり」

「あんなに写真撮りまくってたのにもったいない」

「そうなんだけど、最近忙しいし」

すぐに言い訳だって自分で気づいた。スマホを開き、アプリを起動させる。

「自分の記録として載せてただけだから。最近は写真すら撮ってないよ」

壱星と行きたかった場所はいくつかふたりで行けた。これ以上行きたい場所を増やしても時間がないし、なにより彼のことは写真に残せない。

先に待つ孤独を考えれば、今写真を撮ったとしてもあとで見返して悲しくなるのは目に見えている。だから撮らなくなったの。

「そっか」

説明していないのに、博香は静かにうなずいてくれた。

ガクンガクンと揺れるバスのなか、ふいにスマホが震えた。見ると望海からのメッセージが届いている。

【先に帰るなんてひどい！　駅で待ってて。次のバスで追いかけるから】

画面を博香に見せると苦笑いしている。

「私は帰っちゃうけどごめんね」

「わかった」

駅に着くと、「またね」と手を振り合って別れた。

いつものベンチは雨に濡れ、さみしそうに見えた。スピーカーからは割れた音でクリスマスソングが聞こえている。

まだ夕方にもなっていないのに、街灯が灯っている。ぼんやりとあたりを見回せば、通り過ぎる人のなかに体からほのかな光を放っている人がいる。

最近は集中すれば見えるようになったし、大晦日に向けて光も強くなっているみたい。

サラリーマンの男性、杖《つえ》をついたおばあさん、赤ちゃんを抱えたお母さん。

この世界にはこんなにたくさんの〝星の子〟がいることを知った。

流星群に願いごとをした人のために戻ってきた人たちは、今どんな気持ちなんだろう。この奇跡をどう受け止めているのだろう。

壱星からは毎日のように連絡が来ている。メッセージは返すし電話にも出る。できないのは、次に会う約束だけ。

「ほんと……なにやってるんだろう」

どうすれば前向きになれるの？　博香だってこの数日で少しずつ変わっていってる

のに、なんで私は変われないんだろう。指先がジンと冷えている。息で暖めてもすぐに下がる温度。

雨はいつの間にか雪に変わっていた。

壱星が亡くなってから二カ月、戻ってからは一カ月が過ぎた。あと半月で消えてしまうというのに私は……。

通りの向こうからバスが来るのが見えた。大粒の雪をかきわけるように近づいてくる。ドアが開いていちばんに下車したのは望海だった。転がるように駆けてくる姿を見ていると、こんなことでも泣きそうになる。

「お待たせ！」

そう言うやいなや、望海は私の腕を引っ張って駅ビルのほうへ向かう。

「こんな寒いところで待ってるなんて信じられない。風邪ひいたらどうすんのよ」

自動ドアをくぐると暖房の風が濡れた髪に当たった。

望海はずんずん進み、ファストフード店に入ると私を窓側の席に座らせてカウンターに走った。

望海っていつも走ってるな……なんて思いながら外の景色を見る。

雪は激しさを増し、行き交う人も急ぎ足。

また数人の〝星の子〟を見かけた。あの人たちも大晦日まで、やらなくてはならないこと、やり残したことをしているんだ……。命の延長をしている彼らは、やっぱり冬に光る蛍みたい。残り少ない時間を必死に生きている。そのひとりが、壱星なんだね。

「はい、これ飲んで」

望海の声に我に返った。

「ありがとう」

渡された紙コップからチョコレートの甘い香りが漂っている。

「ココア、好きでしょ。あたしは定番のコーラ。今だと料金そのままでLサイズにできたんだよ」

ほくほくとした顔の望海を見ながらココアを飲むと、お腹のなかに温みが灯るのを感じた。

「ごめんね。長くなりそうだったから先に帰っちゃった」

「年越しパーティのやつね。ま、ほとんど申しこみは終わってたから最終確認ってところだけど、カウントダウンまではいられないみたいよ。ウワサでは高谷とかが見回りに来るんだって」

「へえ、そうなんだ」

「かわいそうだよね。高谷だって大晦日くらい家にいたいだろうに」

「高谷先生、でしょ。呼び捨てにするほうがかわいそうだよ」

望海は変わらない。壱星に起きた奇跡の話をしたあとも、普通に私に接してくれている。

「望海は参加するの？」

「一応そのつもりだけど、セリはわからないみたい」

「え、なんで？　主催者なのにそれはないでしょ」

「あたしもそう言ったんだけど、『博香が参加しないなら意味がない』なんて言っちゃってさ。もともと参加するって言われてないのに、なに勝手に傷ついてるんだか」

呆れ顔の望海に笑い返しながらココアを口に運んだ。

「萌奈だって参加すればいいのに」

コーラを一気に飲み、盛大なゲップのあと望海が尋ねてきた。

「ああ……」

なんて言い訳をしようかと考えていると、望海は「そっか」とうなずいた。

「壱星がいられる最後の日だもんね」

「うん……えっ!?」

なんでもないことのように言うから、椅子から飛びあがりそうになる。

「ふたりでいたいよね。うん、大丈夫。あたしからセリには言っておくから」

「待って。だって……望海たちは壱星の話、信じてないんでしょう？」

「は？」

今度は望海が不満げな声を出した。

「いつ信じてないなんて言ったのよ。前に話してくれたときから信じてるに決まってるじゃん」

「でも微妙な反応だったし、その話に触れないようにしてたし……」

「あのねぇ」

望海が紙コップをぐしゃっと握った。いつの間にかLサイズを飲み切ったらしい。

「それってぜんぶ、萌奈が感じたことでしょう？　萌奈の悪いところは勝手に先回りしてネガティブに考えること。少なくともあたしは萌奈のこと、これまで一度も疑ったことないよ」

「じゃあ、信じてくれてたの？」

そんなこと全然わからなかった。むしろその話題を避けられていると思っていた。

「当たり前じゃん。それに、その話を避けてたのは萌奈のほう。壱星の話題になりそうになると、無意識かもしれないけど話題を変えたりしてたし」

「そうだっけ……」

望海は氷をバリバリと食べると、「それにさ」と上目づかいで私を見た。

「壱星が転校したことも聞いたよ」

「……誰に？」

「本人に」

あっけらかんと言う望海に言葉が出てこない。

「だって萌奈、なんにも言ってくれないし、壱星の話はしたくないみたいだし。ってことで、セリとともに壱星の家に突撃してきた。転校の話も、いつか萌奈が話してくれるって期待してたんだけどな」

「あ……ごめん」

最低だ。勝手にひとりで悩んで、信じてもらえないって思いこんで……。

望海が店内に響き渡るほどの大きさで、手を二回叩いた。

「はいはい、そうやって自分を責めないの」

「なんで……わかっちゃうのよ」

「何年親友やってると思ってるの。萌奈の考えてることなんてお見通しなんだからね。ことわざでいうと『天道様はお見通し』ってね」

ニヤリと笑う望海に、なぜか泣きたい気持ちになった。こらえても視界がどんどん潤んでしまう。そんな私の手を望海がテーブルの上で握った。

「こう見えてあたしも反省してるんだ。もっとグイグイ萌奈に飛びこんでいけばよかった、って。どっかで遠慮しちゃってたんだよね」

「そんなことない。望海には感謝してるよ」

「だけど最近は博香とばっかりつるんでんじゃん。あたし、普通に嫉妬してるんです
けど」

カラカラと笑う望海。前回、壱星のことを伝えたときも、博香の身に起きていること
は話していない。

望海が壱星の話を信じてくれていたなんて驚きしかない。

改めて考えると、信じてくれなかったと思ったせいで自分から話をしなかった。

壱星に対する態度も同じかもしれない。勝手に悩んで傷ついて……。

受け身な自分がイヤなら、自分で変わるしかないんだ。

「これからは望海にちゃんと話す」

「当たり前っての。まあ、今回の報酬は麻弥さんとのデートってことで」

「言うと思った」

私たちはクスクスと笑った。心にへばりついていた悲しみが、少しだけ和らいだ気
がする。誰かが信じてくれているって、なんて気持ちがいいんだろう。

「でもさ」と望海がカップの氷をバリバリ食べてから言った。

「壱星は〝星の子〟になったんだってね。体が光る、とか言ってたけどあたしはわか

らなかった。萌奈は見えてるの？」

「うん。蛍の光みたいにほのかに光ってる」

「そっか。願った人だけの特典って感じか。で、これからどうするの？」

これから……。ココアを飲んで考えをまとめていると、望海が両手に頬をのせ、じっと私を見てくる。

「ケンカしてるんでしょ」

「あ……違う」

「壱星もケンカじゃないって言ってたけど、第三者的判断をするならばこれはケンカです。あと半月しかないのに、このままじゃダメだよね？」

なによ、急に諭すようなことを言って……。

「わかってるけど、怖いの」

「うん、わかる。会うとイヤなことを言ってしまいそうなんだよね。でもそれでいいじゃん。イヤなこと言っちゃえばいいんだよ」

「簡単に言わないでよ。そのあと絶対に後悔するんだから」

あれから毎日壱星のことばかり考えている。だけど、また傷つけてしまいそうで怖い。

手を伸ばした望海が、私のココアを奪い飲み干した。

「後悔したらまた会いに行けばいいの。あのね、もう時間がないんだよ？　お互いに遠慮し合っててどうすんのよ。壱星のことも叱り飛ばしてやったんだから。会ってケンカしても、このまま会わなくても後悔する。どっちを選ぶかなんて簡単なことじゃない」

唇をココアで茶色く染めた望海が怒った顔で言う。

ぐうの音も出ないとはこのことだ。

「『案ずるより産むが易し』だよ。いろいろ考えるよりもさっさと会いに行きなさい」

「うう……」

ひょいと立ちあがり、望海はバッグを肩にかけるとなぜか窓の外を指さした。

「てことで、行っておいで」

見ると、降りしきる雪のなか、あのベンチの前に立っている人がいる。

――壱星だ。

「え……」

「余計なお世話だと思うけど呼び出しておいたの。とにかく思ったことをぜんぶぶつけて、ぶつけられて仲直りしておいで。どうなったかは明日教えてね」

そう言うと、望海は駅ビルに通じる出口から出ていってしまった。

もう一度ベンチのほうを見ると、黒いダッフルコートに身を包んだ壱星が、枯れた木をぼんやり見ていた。

「壱星……」

急いで返却口にトレーを返し、外に飛び出た。

壱星のうしろ姿から出ている光は、最後に会った日よりもはっきりと見えている。

風が吹くたびに、ユラユラと燃えるように揺らめいている。

足音にふり返った壱星が、すぐにうれしそうにほほ笑んだ。

「萌奈」

両手を広げる壱星の胸に躊躇なく飛びこんだ。すぐに強く抱きしめられる。

「ごめん。壱星、ごめんね」

「俺こそごめん」

くぐもった声の壱星に、胸のなかで何度も首を横に振った。

「メールも電話もそっけなくして……本当にごめん」

顔をあげるとすぐそばに壱星がいる。

もっと早く仲直りすればよかったのに、同じ失敗を何度くり返せば私は学ぶことができるのだろう。

「謝らないで。俺のほうこそもっと強引にすればよかったのにできなかった」

「ううん。私こそ……」

お互いに謝罪の言葉を口にして、少しだけ笑い合う。ああ、これだけで胸のつかえがスッと取れた気になる。

手をつなぎ、どちらからともなく歩きだす。

「望海が出てこい、って脅すから来てみたら萌奈に会えた」

「うん。私も今までお説教をくらってたところ。でも、やさしいよね」

「ああ」

さっきまでのクリスマスソングがやさしい音に変わって耳に届く。つなぐ手を見ているとニヤけてしまいそう。

望海は言ってた。思ったことを言うべきだ、って。同じ後悔をするなら、ちゃんと自分の気持ちを伝えたいって思えた。

「あのね」

白い息がまつ毛のあたりでふわりと消えた。

「ちゃんと思っていることを言うから、聞いてくれる？」

「もちろん。ケンカはなしだ」

「ケンカはなし」

合言葉のように言ってから、お腹に力を入れる。

「私、昔から人に合わせることばっかりなの。誰かと話をするときに感情のフタを無意識に閉めてしまうクセがずっと抜けない。『こう返すのが普通なのかな』とか勝手に考えて笑ったりしてる。そんな自分がイヤだけど、変えられずにいるの」

壱星は「うん」とうなずいて握る手に力を入れてくれた。人通りの少ない道になると、壱星の体から出る光が強くなったように思えた。

「だから困った状況になると、理由をつけてそこから遠ざかろうとしちゃう。誰かに迷惑をかけるくらいならいなくなろう、って思うようになったんだ」

「そうか」

やわらかい声と一緒に、ふわりと壱星の光も揺れた。

「壱星の病気がわかったときも、病院に会いに行く回数が減ったよね？　あれも同じ。ふたりで行きたい場所の写真を撮る、なんて理由をつけて逃げてた。そうじゃないと壱星のことを悲しませそうで……ううん、自分が崩れてしまいそうで怖かった」

会うたびにヤセていく壱星を見るのがつらかった。会いに行かなければ、これまでと同じ壱星でいてくれるような気がした。

そんなわけがないって今ならわかる。

「壱星が亡くなったとき、すごく後悔したの。もっと会いに行くべきだったって。なのに、戻ってきてからも同じ。私はいつも逃げてばっかりなの」

悔しくて涙があふれてきそう。だけど、私はもう泣かない。

ちゃんと壱星に伝えるって決めたから。

「もう逃げないよ」

足を止めてまっすぐに壱星を見た。

そう、私はもう逃げたくない。

「壱星が空に帰る日が来たらめちゃくちゃ悲しむと思う。すぐには立ち直れないこともわかってる。でも、この再会に意味があるって信じてるから」

大きくうなずくと壱星は、「ああ」と空を見あげた。

「ヤバい、泣きそうだ」

大きく深呼吸をするたびに、壱星の体からあふれる光が大きくなったり小さくなったり。

「萌奈は強くなったな。前とは別人みたいだな」

「壱星だって同じ。もう壱星は私がひとりになる未来のことを考えてくれてるんでしょ。心配してくれるのはうれしいけど、ぶっきらぼうな言いかたに傷ついたんだから」

「俺が？　ええっ、かなりやさしくしてたつもりだけど」

「どこがよ。おかげでテスト、最悪だったんだからね」

まるで時計が逆回りに動いて、昔に戻ったみたい。

こんなふうに言い合って、笑ってケンカして。私たちは……幸せだった。

「萌奈は自分が思うよりもっともっとステキだと思う。それはきっといい家族がいるからなんだろうな」

「それは思う。お父さんもお兄ちゃんもやさしいよ。お母さんはもういないけど」

「小学三年生のときって言ってたよな」

「うん」

うなずくと、頭にのっていた雪がはらはらと落ちた。

「そのころの記憶はあんまり残ってないけど、いつも笑ってるお母さんだった。お母さんがいるとその場が明るくなって、笑顔が伝染していく。だから笑っている顔しか覚えてないよ」

言葉にして気づいた。私は、お母さんみたいにいつも笑っていたかったんだって。でもうまくできなくて、ムリして笑おうとして苦しくなったんだ。

「一眼レフを持ち歩くくらいカメラ好きな人だったんだよな？」

「毎日のようにカメラを持ってた記憶がある。でも不思議なんだよ。アルバムがたくさんあるんだけど、自分が撮られるのはイヤだって言って、ほとんどお母さんの写真はないんだよね」

話しているうちにお母さんの記憶がよみがえるみたい。カメラを構えている姿、運動会で前に出すぎて怒られている姿、料理の写真を撮るのに凝りすぎて鍋を焦がしたときの顔。

「久しぶりにいろんなお母さんを思い出せた気がする」

「それならよかった」

壱星が私の肩を抱いた。それだけで舞い散る雪は何倍も美しく思える。

「安心したら眠くなってきた」

壱星はそう言って大きなあくびをした。

「私も」

「なんかさ、寝ても寝ても眠い。これはきっと流星群の副作用だろうな」

「副作用って」

おかしくて笑ってしまう。

もう一度手をつないで歩きだせば、雪がふたりを祝福するように舞っていた。

あれから二日間降り続いた雪もやみ、この数日は冬晴れが続いている。

とはいえ、気温が低いせいか雪は溶けることなくむしろ固さを増しているので危険だ。大通りは除雪車が出動してくれたおかげで歩きやすいけれど、家に続く細道は凍っていて今にも滑りそう。

慎重に門をくぐると、まだ昼過ぎというのにお父さんの車が停まっていた。

「ただいま」

リビングに顔を出すと、お父さんとお兄ちゃんがソファに座っていた。私に気づきお兄ちゃんが慌ててテレビを消している。

「なにしてんの?」

「別に」

代表して答えるお兄ちゃんの顔が〝ウソをついています〟と語っている。

「ふたりでエッチなビデオでも見てたの?」

「はあ!?」

これは違うみたい。

「お前こそなんでこんなに――あ、そっか。終業式か」

「成績については聞かないでね」

「聞かないし」

手を洗うと水が氷水のように冷たかった。温水にすればいいんだけど、ガス代はあがるばかり。三十秒間くらいならまだギリギリ我慢できる。

手を拭く私をふたりはさりげなく観察してくる。これはかなり怪しい。

なんでふたりがソファに座っているんだろう……。

「お父さんって今日は休みだっけ?」

「まあ、そういうことだ」

ゴニョゴニョ答えているお父さんを見てから、飾ってあるお母さんの写真を見た。

今日、十二月二十二日はお母さんの命日だから登校前に線香をたいたよね……。

「わかった。ふたりでお母さんと撮った写真を見てるんだ?」

ギクッとした震えを見せたお兄ちゃん。なにか言い返そうとして、あきらめたようにソファに身を沈めた。

「なんでわかっちゃうんだよ」

写真好きのお母さんが撮った写真は何千枚とあるそうだ。今でも、お母さんが使っていた部屋の押入れに閉まってある。

そのなかからお父さんが選んだ写真は、お兄ちゃんの手によりデータ化されスライドショーとして生まれ変わった。お兄ちゃんによると、『今のところ十五のスライドショーのデータがあり、さらに今後も続刊予定』だそうだ。

「どうして私も誘ってくれないのよ」

文句を言うと、お兄ちゃんはしかめっ面になった。

「こういうのは男にしかわかんないんだよ。わかったら、さあ二階へどうぞ」

手のひらで二階を示すお兄ちゃん。

たしかにお盆や命日のたびにスライドショーの上映会をしているのをからかった過

去はある。それでも誘ってくれないなんてひどい。

「そういうの男女差別って言うんだからね。私も観るからどいて」

大股で近づきふたりの間に割って入ると、お父さんがうれしそうにテレビのリモコンをつけた。

テレビに映し出されたのは、昔のこの家。あ、昔はソファじゃなかったんだ。

若いお父さんの膝にのっているのは幼稚園の制服を着たお兄ちゃん。持っているおもちゃに見覚えがあった。

「作るの大変だったんだよ。親父が選んだ写真を一枚ずつスキャナーで取りこむだろ？　それをデータにして――」

「静かにしてよ」

「く……」

次は庭で遊んでいる写真。赤ちゃんの私が泣いてお父さんの手から逃れようとしている。続いて、お兄ちゃんが泥だらけになっている写真。

どの写真からもお母さんの愛があふれている。カメラのファインダーを覗くお母さんもきっと笑っていたんだろうな……。

次に現れたのは、お母さんが私を抱いている写真だった。

「珍しいだろ？」

お父さんがつぶやくように言った。

「何千枚って写真があるのに、お母さんの写真はあんまりないからな」

「うん」

この間、壱星に話をしたばかりだ。久しぶりに見るお母さんは化粧っけのない顔だけど、やっぱり美しかった。

「きっとこうしてふり返る日が来るってわかってたんだろうな。お母さんは照れ屋だったから」

お父さんは目じりを下げてうれしそうにお茶を飲んでいる。

「いつも写真を撮ってたよね？」

「ああ」とお父さんはうなずいた。

「自分の病気がわかってからは特にすごかったな。片ときもカメラを手放さなかったよ。まるで家族のぜんぶをフィルムに収めようとしているみたいだった」

私を抱いているお母さんは白い歯をくっきり見せ、今にも笑い声が聞こえそうなほど笑顔を見せている。自分の死期を悟りながら、こんなふうに笑えるなんてすごいな。

私は、大晦日が来るのが怖くて仕方ないというのに。

「親父、飲む？」

冷蔵庫からビールを二本取り出したお兄ちゃんが、お父さんに渡した。私にはなぜかヤクルトを二本。

「たまにはいいな」

プルトップを開けたお父さんがおいしそうに飲んだ。

テレビでは、私が小学校に入学した日の写真が流れている。

「不思議なことがあるんだけどさ」

お兄ちゃんがテレビに目をやったまま言った。

「お袋が亡くなった直後のことって、あんまり覚えてないんだよなあ」

「へえ、そうなんだ」

お父さんがなにも言わないのであいづちを打った。

「病院へ行ったとか、お葬式に出たとかもなんにも覚えてなくて、ただふわっとした記憶しかないんだよ。たぶんつらすぎて覚えてないんだろうなあ」

グイとビールをあおるお兄ちゃんからお父さんに視線を移すと、

「え？」

思わず声をあげてしまうほど動揺していた。せわしなく動く目、カタカタと震えるビールの缶をもうひとつの手で押さえている。

「ま、まだ小さかったからなあ」

じっとお父さんを見つめると、逃げるように視線を窓の外へ逃がした。

なにか隠しているのは間違いないだろう。

「お父さん？　なにかごまかしてるよね」

静かに、かつ低い声で顔を近づけると、お父さんは聞こえないフリでビールを飲んで、その大半を見事に口から噴き出した。動揺するにもほどがあるレベルだ。

「うわ。親父マジかよ」

タオルを取りに走るお兄ちゃん。慌てるお父さん。

ああ、そっか……そういうことだったんだ。急にいろんな謎が解けはじめるのがわかった。

「私もね、ずっと不思議に思ってたことがあるの」

なにも答えないお父さんに、自分の推理をぶつけてみる。

「お母さんの命日は十二月二十二日だよね？」

「……ん？　そうだけど？」

スルーしすぎるのも怪しいと思ったのだろう、お父さんが上ずった声で答えた。

「でも、私の最後のお母さんと過ごした記憶は、十二月三十日なの」

タオルをお父さんにパスしたお兄ちゃんが「まさか」と顔をしかめた。

「それってお前の誕生日だろ？　そのときにはもう亡くなってたよ」

「でもね、覚えてるの。お母さんは私を抱きしめてこう言ってた。『今日のことを忘れても、明日いなくなったとしても大丈夫。なんにも心配しなくていいからね』って」

あれは夢じゃない。お母さんはやさしい声で私に未来を教えてくれたんだ。

お父さんはビールをあきらめたらしく、うつむいてなにも言わない。

「萌奈の勘違いじゃね？　たとえば前の年の誕生日とか」

「ううん、あれはお母さんが亡くなった年だった。たしか、流星群がこの町に来た直後だったと思う。お父さんは葬式もそこそこに観測所に行って――」

お父さんはリモコンを操作し、一枚の写真を映すと一時停止ボタンを押した。

写真には満面の笑みを浮かべる私がいた。誕生日ケーキを持ってうれしそうに笑っている。

そうか。そうだったんだ……。体中が震えだしそうなのをこらえて、私は尋ねる。

「お父さんは……お母さんが戻るように流星群に願ったの？」

しばらく続く沈黙のあと、お父さんは「ああ」と絞り出すように声を出した。

「まさか萌奈が、流星群の伝説を知っているとはなあ」

やっぱりお母さんは流星群で戻ってきてくれていたんだ。ずっと覚えていた誕生日のあの言葉は、お母さんが私にくれたメッセージだったんだ……。

お兄ちゃんがソファの上であぐらをかくと、背もたれにボスンと体をもたれさせた。

「ふたりの言っていることが意味不明で困る」

「あとでちゃんと説明するから」

そう言って体ごとお父さんに向けた。

「お母さんは流星群の翌日に戻ってきたの？」

「葬式の日に流星群の奇跡のことを思い出したんだ。もう居てもたってもいられなくて、お父さんは天文台へ走った。帰ってきたら、お母さんが『お帰りなさい』って笑って立ってるんだよ。部屋に煮物のにおいがしてなあ。お前たちはお母さんが死んだことも忘れて足に絡みついてた」

一筋の涙がお父さんの目からこぼれ、流れ落ちた。

「お父さんうれしくってな。伝説は本当だったんだ、って。でも『一週間くらいしかいられない』ってお母さんは言った。そして、萌奈の誕生日会をした翌日……大晦日の夜に今度こそ本当にいなくなってしまったんだ」

解けなかったパズルがスルスルほどけていく感覚だった。八年前の十二月二十二日に亡くなったお母さんは、流星群の力で戻ってきて、三十一日に空に帰ったんだ。

背中を丸めたお父さんが、祭壇に飾られているお母さんの写真に目をやった。

「お父さん。どうしても教えてほしいの」

こみあがる涙と戦いながらなんとか声にした。

「お父さんは幸せだった？　流星群の奇跡を願って、本当によかった？」

お父さんはゆっくり私を見ると、顔をしわくちゃにして笑った。

「もちろんだよ」

はっきりとそう言うお父さん。

「でも、またいなくなってしまうのに？　もう二度と会えないのに？」

「ああ」

「二回もさよならをするんだよ。それって苦しくなかったの？」

私は……壱星とまた別れるなんて考えられない。どうしてお父さんはそんなふうに断言できるんだろう。

お父さんが私の肩に手を回して抱き寄せた。

「そりゃあ、ずっと一緒にいられればいいって願ったさ。このまま家族で星から逃げようとさえ思ったくらいだよ」

「それなのにどうして？」

壱星の前では元気よく振る舞っていても、今もまだ胸が苦しくなる。私と同じ立場なら、きっとお父さんも同じように感じたはず。

けれど、お父さんは首を横に振る。

「お母さんが亡くなったあと、お父さんだけじゃなく麻弥も萌奈も大変だったんだ。みんながお母さんの死を受け入れられなくてな。泣きわめくとかじゃないんだよ。本当に悲しくて、みんなぼんやりと死んだように一日を過ごしたんだ」

遠い記憶のなか、長い時間ずっと天井を見ていたことを思い出した。絶望という闇にすっぽりのみこまれたかのような、空虚な黒に支配された時間だった。

「戻ってきたお母さんは、一週間の間、お父さんやお前たちと片ときも離れずに過ごした。深くて濃くてやさしい時間だった。そして、大晦日の夜に消えた。でも、お前たちはまるですべてを受け入れているようだった。翌日からはスッキリした顔をしていてなあ」

「そうだったんだ……」

腕を離したお父さんが、照れたように笑った。

「それにお父さんも、やっとやさしい気持ちでお母さんを見送れたんだ。流星群には今でも感謝している」

お兄ちゃんが口を開くのを見て、「ねえ」と先にお父さんに尋ねた。

「この写真には、本当はお母さんが横にいたんじゃない？」

ケーキを持って笑う私の左側が不自然に空いていた。

「よくわかったな。最後の一枚だから、ってお母さんが珍しくカメラをお父さんに渡してきたんだ。不思議だったよ。萌奈もすべてを理解しているような感じだった。現像した写真にお母さんは写らなかったけど、それでも大切な写真なんだ」

こんなに身近に流星群の奇跡を体験していた人がいたなんて……。違う、私もすでに体験していたひとりなんだ。

頬の涙をティッシュで拭きながら、お母さんの撮った写真を眺める。

今でもお母さんのことを思い出すとやさしい気持ちになれるのは、深い愛を感じたからなのかもしれない。

「なあ、ちゃんと説明しろよ」

しびれを切らせたお兄ちゃんに「あとで」と言いながら、スライドショーを見た。

「あれ」

ふと思い出す。

「お父さんが今年の流星群のときに忙しかったのって、ひょっとして二度目の奇跡を願ってたからとか？」

「ま、まさか。そんなことあるわけない。もし願ってたとしても、お母さんは一度きりだって言ってたし、わざわざそんなことしないよ。はは……」

慌てたそぶりのお父さんに、なんだか笑ってしまう。

同時に、胸の奥にあった苦しみが解放されるのを見た気がした。

第七章　海が呼んでいる

終業式が終わるのがこんなに悲しいことは今までなかった。大晦日までのカウントダウンがはじまった気がして、ホームルームが終わっても席から動けない。

冬休みがはじまるというのに誰も帰る気配がなく、みんなもグループに分かれて話しこんでいる。

セリは各グループを渡り歩き、なにやら密談中。望海によれば、年越しパーティ中止のお知らせだそうだ。

「中止なら前みたいに教壇の前に立って言えばいいのにね」

荷物をしまいながら言う私に、望海はなにやらスマホと格闘していて生返事を返してくる。最近ハマっているゲームでもしてるのだろう。

博香が席を立ってこっちに来た。

「もう行ける？」

「うん。ほら望海、行くよ」

このあと三人で図書館へ行くことになっている。

大晦日までにもう一度長谷川館長と話がしたくて問い合わせたところ、年内の営業は今日までだと言われてしまったのだ。

「すぐ追いかけるから先に行っててくれる？」

望海はセリが話しているグループへ行ってしまった。

「じゃあ、行こうか」

　廊下に出て、博香と並んで歩く。

「あ、ふたりとも帰るの？　バイバイ」

　トイレから戻ってくるクラスメイトに胸のあたりで手を振る博香は、前のようにみんなと話せるようになった。最近では紫依乃ちゃんの送り迎えも家族と交代でしているそうだ。

　バス停にはほかのクラスの生徒が数人並んでいた。枯れ葉が私たちの前に円を描きながら舞いおりた。アスファルトでしばらくクルクル回ったあと、風に流されていく。

「紫依乃ちゃんは元気してる？」

「元気だよ。よくしゃべるし引っついて離れないし。でも最近、やたら眠いみたいですぐ寝ちゃうの」

「壱星も電話で言ってた。ちょっとしたタイミングで眠ってしまうんだって。やっぱり大晦日が近いからかな」

　夕べの電話の声も眠そうだった。お母さんが〝星の子〟だったことを話したかったけれど、あまりに眠そうだったので後日伝えることにした。

「萌奈のお母さんも空に帰る前は眠かったのかな」

　博香がさみしげに空を見あげた。

壱星との電話のあと、博香に我が家に起きたことを聞いてもらった。そのあと、半分寝ぼけていた望海にも。

「どうなんだろう。昨日は詳しいことまで聞けなかったからわかんない。また聞いておくね」

「お兄さんはどうだったの？」

「私じゃ説明が下手だから、お父さんが飲みながら話したみたい。今朝はまだ寝てて会ってないんだよね」

お母さんがそうしてくれたように、私も壱星の死を受け入れられるのかな……。

今はまだわからなくても、大晦日になればなにかが変わる気もする。

「もうすぐ大晦日が来ちゃうね」

博香がぽつんとつぶやいた。

「うん。さみしいね」

悲しみはまだここにいる。でもきっと、季節が変わるように色を変えていくはず。

そう思えば、がんばれる気がした。

バスがやってきたので乗りこんだ。座席が埋まっていたので前のほうに並んで立つ。

「明日のイヴは駒田くんとデートするの？」

「まあ……その予定です」

「なんで急に敬語なのよ。楽しんできてね」

ふふ、と笑う博香が「あ」と窓の外を指さした。

「乗ります乗ります乗ります！」

望海が大声を出しながらダッシュしてくるのが見えた。

明るい照明の下、長谷川さんの髪は真珠のような光沢を放っていた。

「なんか明るくないですか？」

まぶしそうに目をしばたたかせて望海が尋ねると、長谷川さんは深いため息をついた。

「これから消防点検があるんですよ。前に来たときに照明の暗さを指摘されたもので、今日は朝からすべての照明をつけています。あの薄暗い雰囲気がいいのに」

珍しく浮かない顔をしている。

「長谷川さん、灰になっちゃいそうですね」

「木下さんのおっしゃる通り、まさしくそんな気分です」

失礼なことを言う望海に律儀《りちぎ》な答えを返す長谷川さん。なんだかふたりがいいコンビに思えた。

「木下さんは、もうすべてご存じなのですか？」

長谷川さんの問いに、望海は大きくうなずいた。

「萌奈の話はちょっと前に聞いてて、博香の妹さんのことはさっきバスのなかで教えてもらったところ。ビックリしたけど、なんか納得したって感じ」

「そうですか」

長谷川さんが私と博香にやさしい目を向けた。

「おふたりとも、穏やかな顔をされていますね」

「はい」

博香と目を合わせながらうなずいた。

「不思議なんですけど、勝手に覚悟ができてきたような……。それでもそのときが来たら、きっとパニックになっちゃうと思いますけど」

「私もです」と博香が言った。

「いろんな気持ちが混在してて、うまく整理できないまま時間が過ぎてて。でも、ちゃんと見送りたいって……」

それでいいんですよ、というように長谷川さんはやわらかくまばたきをした。

「あたしからも質問していい？」

まるで友達のように望海が軽い口調で言った。

「どうぞ」

「あたしたちのクラスの子は、みんな壱星が生きているって信じてる。お葬式に出た記憶も消えちゃってる。大晦日が過ぎたあと、壱星についての記憶はどうなるの？」

それは私も知りたかった。お母さんが亡くなってからの記憶で覚えているのは、誕生日会をしてくれたことだけ。でも日付的に矛盾がある。

しばらく黙ったあと、長谷川さんはゆっくり口を開いた。

「この図書館は不思議な場所です」

手元のパネルを長谷川さんが操作すると、館内の照明が一気に暗くなった。機械音が聞こえて天井を見ると、そこには満点の星が映し出されていた。

「うわ、すごい！」

望海が叫ぶのもムリはない。見たこともないほどの星が空に散らばっている。

「プラネタリウムです。滅多につけることはないんですが今回は特別に」

「ねね、みんなで寝転ぼうよ」

強引に望海が引っ張ってきた。

「え、でも……」

躊躇する隣で、博香は椅子からおりてしまった。

「構いませんよ。そのほうがキレイに見えますから」

長谷川さんまで勧めてくるので私も横になった。

「ああ……」

言葉にできないほど美しい空が広がっている。本棚はまるで森のよう。木々の間の丸い空にたくさんの星が瞬き、流れ星がはっきりと見えた。

「流星群の奇跡に関わる人のなかには、あなたたちのようにここを訪れるかたもいます」

星空に長谷川さんの声が響いている。

「実際に体験した人に話を聞くこともあります。大切な人が空にのぼったあとも、奇跡を過ごした記憶は残り続けるそうです。でもそれは悲しい記憶じゃなく、やさしい記憶として」

うちでいえば、お父さんがそうなのだろう。お母さんが戻ってきたとき、きっとうれしくて仕方なかったんだろうな……。

「先ほどの質問ですが、クラスの皆様については事情が変わってきます」

「え、そうなの？」

望海の顔は暗くてよく見えない。

「おそらく、その人たちにとっては本当の命日が最後の記憶になるでしょう」

「つまり壱星が亡くなった日までしか覚えていないってこと？」

不満げな望海に、長谷川さんは「残念ながら」と答えた。

「でも、流星群の奇跡が悲しみを和らげてくれるのは同じです。たとえ奇跡の日々を覚えていなくとも、その人のことをやさしい気持ちで想えるでしょう」

「あたしは覚えていたいのにな」

残念そうに望海がつぶやいた。

「あの」と無意識に声にしていた。

「母が亡くなったとき、父は流星群に願いごとをしたそうなんです。でも私はしていない。なのに、お母さんが戻ってきてからの記憶があります。これは私の想像だったんでしょうか？」

何度思い出しても間違いない。あの日、私はお母さんに誕生日を祝ってもらった。ケーキの上で揺れる炎、お母さんの笑顔、そして言葉を覚えている。

「まれにいらっしゃいますよ。故人への想いが強い場合、記憶が混在して残ることもあるそうです」

長谷川さんの声がスッと頭に入った。そっか、そうだったんだ。

お母さんとの記憶はやっぱり実際に起きたことなんだ。

「そうなんですね」

震えそうな声をごまかしてうなずく。

「よかったね」

博香がそう言ってくれた。

「うん。私、この奇跡の日々を絶対に忘れない。まだ悲しみのほうが勝ってる気がするけど、ちゃんと見送りたい」

私の手を博香が握ってくれた。

「私も見送る。紫依乃が安心して空に帰れるように」

がんばろうね、と手に力を入れた。

空にはたくさんの星が輝いている。壱星が帰る場所はどこなんだろう。

どんなふうに空にのぼっていくのだろう。

「ねえ」

望海が上半身を起こすのがわかった。

「そういえば、あの暗号みたいなやつあったでしょ？」

「暗号？」

「ほらあのクイズみたいな……あ！　ふたりで手をつないでずるい！　あたしもあたしも！」

望海が強引に私と博香の間に割りこみ、横になり手をつないだ。

「で、あの文章がどうかしたの？」

「あそこに海のこと書いてたよね？」

博香が「あ」と短く言った。

「そういえば出てたよね。『海の力に助けられ魂は夜空に帰るだろう』って書いてた」

言われて思い出す。空に帰る日が大晦日だとわかったあとは、あの文章に注目していなかった。

「長谷川さん、長谷川さん！」

耳が痛くなるくらいの大声で望海が言った。

「聞こえていますよ」

「海の力に助けられ、ってどういう意味なの？」

「それは……」

しんとした沈黙のあと、空から星空がかき消えた。真昼の太陽みたいにまぶしく光る照明に、三人いっせいに起きあがった。

見ると、長谷川さんはさっきの姿勢のまま申し訳なさそうな顔をしていた。

「すみません。わからないんです」

「え？　どういうことですか？」

椅子に座り直す私たちに、長谷川さんはふうと息を吐いた。

「前にもお伝えしましたが。流星群にはいろんな伝説があります。もちろんほとんどがただの伝説ですが、なかには実際に起きるものもあります」

博香がバッグから、伝説を記した用紙を取り出した。改めて見ると、たしかに【伝説15】と記してある。

「私がこれまで確認できたなかに今回の伝説は入っていません。つまり、初めての例なので、どうやって空に帰るのかまではわからないんです。お力になれず申し訳ありません」

そう言うと、長谷川さんは深く頭を垂れた。

待ち合わせ場所にやってきた壱星は、赤いコートを着ていた。パンツは黒色だったけれど、どこかサンタクロースを連想させる。

「一度も着てなかった服なんだけど、せっかくだしな」

「すごく似合ってるよ」

素直に伝える私に、壱星は照れたように歩きだした。もちろん手をつないでくれた。

夕焼けに染められた空と赤いコートがやけにしっくりくる。時間は午後四時五十分。ちょうどいい時間だろう。

「眠くない？」

「栄養ドリンク飲んできたからバッチリ。でもまだちょっと眠い」

そう言った壱星が、校舎をゆっくりと見渡したあと、校門をポンポンと叩いた。

「しかし、またここに来るとは思わなかった。しかもクリスマスイヴに。この学校の生徒じゃなくなったのに入っていいわけ？」

「高谷先生のお許しが出てるから大丈夫だよ」

中止になった年越しパーティの代わりに、急遽クリスマス会が開かれることになった。サプライズゲストとして壱星に話が来たらしい。私も昨日の図書館からの帰り道に望海から聞かされたばかりだ。

『萌奈へのサプライズも含まれてるの。ふたりで登校することも、あんまりなかったでしょ』

コアメンバーの望海はそう言っていた。どうりでこの間、みんなコソコソしていたわけだ。

薄暗い廊下をふたりで歩く。たしかに二年生になってからふたりで歩いた思い出はなかったな……。

教室の前まで来ると、壱星は扉に手をかけた格好で動きを止めた。

「なんか心配だな。ほら、俺……写真に写らないし」

「大丈夫。写真はNGにしてもらってるから。セリと望海がみんなのスマホを回収してくれてるよ」

壱星がそっと教室の扉を開けると、

「サプラーイズ！」

みんなの声がうわんと聞こえた。クラスメイトはみんなニコニコ笑っている。拍手の海のなかに進む壱星に、体が震えて泣きそうになった。

黒板には大きく【HAPPY　MERRY　CHRISTMAS】と書かれ、周りは紙テープで装飾されている。教壇には飲み物が、中央で引っつけた机の上にはフライドチキンやケーキ、そしてお菓子が並んでいる。

「いらっしゃい」

望海が私の腕に抱きついてきた。

「すごいね。これみんなで準備したんだ？」

「ほとんどセリが、だけどね」

セリは顔を真っ赤にして博香としゃべっている。壱星は男子たちとはしゃいでいる。なんて不思議な光景なんだろう。ここにいる人のほとんどが、壱星がもうすぐいなくなることを知らない。急に転校した壱星と再会できたとよろこんでいる。

そして、この記憶も壱星が空に帰ったら消えてしまう。

以前の私なら悲しみに満たされてしまっていただろう。

長谷川さんが言うように、流星群の奇跡は悲しみをもやさしさに変えてしまうのかもしれない。

感傷的になりそうな自分にストップをかけ、渡された紙コップのジュースを飲んだ。

「それにしてもよく高谷先生、許してくれたよね」

「まあね」

望海が自慢げにアゴをあげた。

「望海が交渉したの？」

「交渉っていうか泣き落としって感じ。壱星とお別れ会もできない、って泣いて説得したの。最後は先生も号泣に震えてたよ」

あっけらかんと言う望海に、「さすが」と褒め言葉を贈っておく。

「なあ、中根」

壱星と仲がいい男子たちが、本人の腕をつかんでやってきた。

「お前からも言ってやってよ。急に転校するなんてありえねえし」

「マジむかつく」

「留年してでもいればいいのに。あ、それじゃクラスが離れちゃうのか」

にぎやかな面々のうしろで、壱星は「もういいって」と焦っている。

普段ならあいまいな態度で逃げてしまうけれど、今日くらい言いたいことを言っても構わないだろう。

「私もよくないと思う。だって、壱星って私にも相談せずに決めたんだよ」

そう言う私に壱星が目を丸くした。

ひゃーと歓声みたいな声があがり、さらに壱星はみんなから責められる。

「お前ひどすぎ」

「中根がかわいそう」

口をへの字に結んだ壱星を見てたら、思わず笑ってしまった。

「ウソウソ。壱星が決めたことだからみんなで応援しようよ」

そう言うと、男子たちはケーキの争奪戦にくり出した。壱星ももちろん参加している。

この騒がしくも愛しい時間を、みんなは忘れてしまうんだね。そう思うと少しさみしくもなった。

「でもさ、よかったな」

男子のうちのひとりがうれしそうに言った。

「壱星が元気になったことがマジでうれしい」

「そうだね」

ニッコリ笑うと、その男子も争奪戦のなかに飛びこんでいった。見守る私はまるで子だくさんの母親みたいな心境だ。

「萌奈」

博香がケーキののった紙皿とフォークを渡してくれた。今日の博香は白いニットにチェック柄のフレアスカート姿。いつもは結んでいる髪をおろしているせいで大人っぽく見える。

「制服カラーをイメージしてみたの」

「たしかに制服っぽくていいね。今日は紫依乃ちゃんは？」

「親とクリスマスケーキ作ってる。私も早く帰るけどごめんね」

いいよ、そんなの全然いい。大きくうなずく私に、博香が「ね」と小声で尋ねた。

「海の力のこと、なにかわかった？」

「ああ、まったく。ていうか考えないようにしてた」

正直に言うと、博香はなぜかクスクス笑った。

「だと思った。海の力についてわからなければ、帰らずに済むのかも、って」

「すごい。どうしてわかったの？」

驚く私の向こうで、ほかの女子が博香を呼んだ。そっちに向かいながら博香がふり向く。

「私も同じこと考えてたから」

いたずらっぽく笑う博香に、同じような笑みを返した。

駅に戻ってくると町は夜に包まれていた。

クリスマス色の町には、ＬＥＤライトを巻かれた街路樹が華やかに光っている。空には折れそうなほどに細い月が密かに浮かんでいて、山に登れば星がたくさん観察できそう。

「楽しかったな」

隣を歩く壱星が目を線みたいに細めている。

あれからみんなでゲームをしたり、なぜか学校に伝わる怪談話までした。最終バスが来るまで、私たちはずっと笑っていた。

「クリスマスイヴなのになんか悪かったなあ」

白い息を吐きながら壱星が空を見た。

「来られない人もいたし、相手がいる人は明日もデートできるしね」

「そうじゃなくてさ、萌奈のこと。ふたりきりのほうがよかったんじゃ？」

チラッとこっちを見る壱星に、思わず笑ってしまった。

「え、なんかおかしいこと言った？」

「ううん。やさしいな、って。私はむしろ壱星がみんなに会えてよかった。それに、私たちだって明日もデートできるし」

一週間あれば思い出はまだまだ作れる。そもそも海の力についてはなにもわかっていないし。

「なんか萌奈、変わったな。いい意味でだけど」

「壱星も変わったよ。こんふうに心配してくれてるだけでうれしい」

「前は病気のことでいっぱいいっぱいになってたもんな」

街角に立つサンタがティッシュを配っている。ひとつ受け取ってから角を曲がれば、その先には住宅街が続いている。

「俺、光ってる?」

壱星が自分の体を見回しながら尋ねた。

「すごくキレイに光ってる。黄色がどんどん濃くなってるみたい」

「自分じゃわかんないんだよなあ」

「息を吐くと、ほら白いでしょ。こんな感じのが体全体から出てるの」

町のほうへ目をやると、今日だけで何人目かの〝星の子〟を見つけた。

「不思議だよね。たくさんの人が〝星の子〟になって愛する人と再会しているなんて。そんなこと考えたこともなかったよ」

「俺、正月に死んだらよかった。そしたら一年間はそばにいられたのに」

そう言ってから壱星は「ごめん」と謝った。

「デリカシーないな、俺」

「それはうちのお兄ちゃん。あの人、本当にひどいんだから」

お父さんからお母さんの話を聞いたあと、お兄ちゃんは『うわー引くわ』と言ってのけたらしい。お父さんが涙ながらに話してくれた。

「麻弥さんか。でも、やさしい人だと思うよ」

「え、知ってたっけ？」

「最近はよくLINEしてるよ」

そんなことを言うから驚いてしまう。

「挨拶くらいしかしてなかったって聞いてるけど」

「最近やり取りをはじめたわけ。今では俺のこと呼び捨てにしてくるほどの仲だよ」

「うわー引く……」

これじゃお兄ちゃんと同じだ。なにかヘンなこと言われてないといいけど……。

「あ、着いた」

いつの間にか家の近くまで戻ってきていた。お父さんが帰っているらしく、駐車場に車があった。

「なあ、萌奈」

「ん？」

街灯の下でどちらからともなく足を止めた。

「結局、写真はやめたまま？」

「インスタはやってない。でもね……まだ決めてないんだけど、お母さんの一眼レフに挑戦してみようかなって」

そう言うと、壱星は「いいね」と私の両手を握った。

「すごくいいと思う」

お母さんが撮ったみたいに、大切な人の写真を残したいと思った。もちろん、壱星は写らないだろうけど、それでもいい。

見返したときに、きっと彼との思い出もよみがえるだろうから。

「あ、そうだ」

壱星がコートのポケットから小さな箱を取り出した。赤いラッピングがされていて、黄色いリボンで結ばれている。

「クリスマスプレゼント。あんまりいい物じゃないけど」

「ありがとう。私もこれ……いい物じゃないけど」

バッグのなかからプレゼントを出して渡した。いろんなことがありすぎてちゃんと選べなかったけれど。

包み紙を開けた壱星が、「おお」と笑った。

「目覚まし時計？」

「最近、流星群の副作用で眠いって言ってたから」

ノーブランドの目覚まし時計だけど、〝大音量〟というキャッチフレーズに惹《ひ》かれて購入した。

「いいね。すごく気に入った」

ホッとして壱星のくれた箱を開けると、なかにはイヤリングが入っていた。星の形に金色の縁取りが施してあって、キラキラと宝石のように輝いている。

「すごくキレイ……」

「なんか、店員が『樹脂でできてるから金属アレルギーでも大丈夫です』ってやたら推してきてさ」

「大事にするね。ありがとう」

どうしよう、胸が張り裂けそうなほどの幸せを感じている。落とさないように慎重に箱にしまう私を、壱星がやさしい目で見ているのを感じた。

「明日は俺のプランな」

「うん。楽しみにしてる」

人に見られないように短いキスをして手を振った。

夜に消えていく背中をいつまでも見送った。

夜中の作業は静かに行わなくてはならない。特にお母さんの荷物がしまってある押入れは、お兄ちゃんの部屋の真下にあるから慎重に、慎重に。

リビングの隣にある小さな和室の奥に座り、久しぶりに押入れを開く。真んなかの仕切りの上下にはぎっしり段ボール箱が入っていた。箱のすべてにお母さんの文字でなにが入っているのか記してある。

探し物は明確だというのに気づけばアルバムをめくっていた。ぜんぶで三十冊はあるだろう、分厚いアルバムをめくるとベリッと音を立てていくつもの写真が現れた。

昔は写真用紙に印刷をし、まとめてしまっていたそうだ。たしかにスマホやパソコンに入れておくのも便利だけど、逆に見返すことは少ない気もする。

写真を貼りつけた横にはマジックで日付と場所が書いてあった。

幼稚園の入園式、小学校の運動会などの大きなイベントだけでなく、なにげない家での日常までが写っている。少し色褪せた写真のなかに、あの日の家族があった。

お母さんの写真を探すと、アルバム一冊につき一枚くらい見つけられた。

「ほんと、自分の写真を撮られるのはイヤがってたよね」

最後の写真は、あの誕生日の日の写真。うれしそうに笑う私の顔。

やっぱり左側にお母さんがいる気がした。

本来ならば、このときにはいなかったお母さん。写真の私はうれしそうで、だけどぜんぶ受け止めている笑顔をしている。

――ギイ。

階段のきしむ音がした。足音はそのままリビングを通り、私のいる和室の前で急停止する。

「なんだ、萌奈かよ」

上下ジャージ姿のお兄ちゃんが驚いた顔で言った。

「ごめん。うるさかった？」

「いや。まだ寝てないし。ガサゴソ音がしてるから、泥棒だったらどうしようかと思ったわ」

しばらくしてトイレから出てきたお兄ちゃん。そのまま寝るのかと思いきや、再び私のいる部屋へやってくると、押入れのなかを覗きこんだ。

「なにやってんの？」

「お母さんが使ってた一眼レフのカメラを探してるの」

そう、本来の目的はカメラを探すこと。壱星の写真を撮るなら、あのカメラを使いたかった。

「カメラ？　ああ、あれはいちばん上にしまってたはず」

背伸びをして、最上部にある棚から箱を取り出してくれた。開けると黒くて大きなカメラがちょこんと入っている。取り出してみると想像以上にずしりと重い。レンズは大きさもさることながら、ピノキオの鼻のように長くて驚いてしまう。

「ありがとう。探してたの」

「売るの？」

「そんなわけないでしょ。ちょっと使ってみようと思って」

あいかわらずデリカシーのないお兄ちゃんにも慣れた。そう、こんなことで腹を立ててても仕方のないこと。

「探してくれてありがとうね」

感謝の気持ちを伝えると、お兄ちゃんは箱をしまいながらため息をついた。

「こんなアナログなもん、よく使おうって気になるな」

「アナログだからいいんじゃん」

「お前、アナログ人間だもんな。こんな時代遅れのカメラ、使ってる人なんかいない」

私の許容量はいつだってすぐに限界を迎える。

「失礼なこと言わないでよ。お母さんの思い出の品を使うのが悪いの？」

「そうは言ってない」

「ウソつき。ほんっと、お兄ちゃんて冷たい。そんなんだからイヴの日もさみしく家にいるんだよ」

もっと言ってやろうと口を開きかけたところで、

「でもこれこわれてるぜ」

お兄ちゃんはカメラを指さした。

「……え？　こわれてるの？」

「前に一度触ったら動かなくてさ、修理できる友達に見てもらったら二万円かかるって言われてあきらめたんだ」

丸い電源ボタンを押してみる。ウンともスンとも言わない。

「充電が切れてるんじゃ……？」あれ、モニターはどこ？」

「充電式じゃないしモニターもない。「そこのランプ、赤く点滅してるだろ？　故障してるサインなんだってさ」

サイドに光る赤い点滅。たしかにこわれているっぽい。

急にシュンとなる私に、お兄ちゃんは「ん？」と顔をしかめた。

「修理に出せばいいじゃん。お年玉でなんとかなるだろ」

「違うの。大晦日に使いたかったから……」

「それはムリだろうな。ただでさえ一週間くらいはかかるって言われてるし、そもそも年末だから店もやってない」

そんな……。ああ、もっと早くたしかめるべきだった。

でも、このカメラを使おうと決めたのはつい先日のことだし……。

ギュッとカメラを握りしめる私に、お兄ちゃんはいぶかしげな顔をした。

「そんな急ぎで使いたいのか？」

「うん……。どうしても必要なの」

お兄ちゃんは、鼻で息を吐いたあと腕を組んだ。

「たしか部品はあるって言ってた気がするから、一応友達に頼んでやるよ。超急ぎで、って言えばやってくれるかもしれん」

「いいの？」

「しょうがねーだろ。大晦日に使いたいならそれしか方法はない」

ひょいとカメラを奪うと、お兄ちゃんはネックストラップを首にかけた。

「ありがとう。必ずお金は払うから」

「当たり前だ」

そう言って歩きだそうとしたお兄ちゃんだったけれど、急に顔だけこっちに向けた。

「さっきクリスマスイヴがどうのこうの、って言わなかったか？」

ヤバい、と必死に首を横に振った。

「お兄ちゃんがサンタクロースみたい、って言いたかったの」

「そういうことにしとく。ちゃんと片づけろよ」

階段をのぼっていくお兄ちゃんにもう一度「ありがとう」と伝えた。

どうかカメラが直りますように。


駅前のベンチに、今日も夜が訪れる。

クリスマスが終わったとたん、町は年末ムードに切り替わった。華やかなＬＥＤライトもクリスマスソングも消え、近くにあるコンビニでは『恵方巻　予約受付中』と印刷された文字が窓ガラスに貼ってある。

「寒くない？」

隣で尋ねる壱星は、もうすでに眠そうな顔になっている。

「着こんでるから大丈夫。壱星は眠いんでしょう？」

「強制的に眠らされる感じ。でも、平気。朝までだって遊べるよ」

十二月三十日、晴れ。

クリスマスイヴから毎日壱星に会っている。昨日の午後だけは昔からの友達と会ってきたそうだけど、それ以外はずっとそばにいてくれた。

十二月は師走と呼ぶのもうなずける。この数日は、あっという間に過ぎていったから。

「いよいよ明日は大晦日か」

私の肩を抱いた壱星がさみしげに言った。

「そうだね。ひょっとしたらなにかの間違いで、空に帰ることができないって可能性もあるよ」

「まさか」

と壱星は笑うけれど、実はその可能性は残されていると思っている。

「だって、まだ伝説に書いてあった〝海の力〟についてはわかってないでしょう？　それを解明できた人だけが空に帰ることができるとか……」

途中で言うのをやめ、私も壱星の肩にもたれかかった。

「ウソだよ。前までは、壱星がこのままこの世界にいられますように、って願ってたけど今は違う。ちゃんと壱星を空に帰してあげたいって思ってる」

本心だった。毎日のように壱星に会えたこの数日間は幸せだった。同時に、間もなくやってくる〝星が空に帰る日〟を受け止めようと思う自分も生まれた。

本当は泣いてすがりたいし、抗いたかった。でも、波が海に戻っていくように、鳥が空をはばたくように、〝星の子〟と呼ばれる人たちは空に帰るのが正しいと思えた。

「こんな気持ちになるのも、流星群の副作用なのかも」

おどける私の頭を抱きしめたままポンポンとなでてくれる壱星。

流星群の奇跡は再会をくれたんじゃなく、二度目のさよならを受け止める力をくれたんだ、って今ならわかるよ。

「〝海の力〟の意味、わかったよ」

「そう」

うなずいたあと、すぐに言葉の意味を理解した。

「え、わかったの？　それっていつ？　どこ？」

「あいかわらずの質問攻撃」

体を離して尋ねる私をおかしそうに笑ったあと、壱星は宙を見あげた。

「不思議なんだけど、ずっと前から頭に浮かぶ場所があるんだ」

「場所……」

「最初は夢で見たのかな。その場所が新潟県ってことだけはわかるんだ」

ああ、そういえば新潟県の話を聞いた気がする。あれは……入院前に壱星の部屋に行ったときだ。

「思い出した。たしか『行かなくちゃいけない場所』って言ってたよね？」

「行ったこともないのに、その場所の風景が脳裏に浮かぶんだ。戻ってきてからは特にそう思ってる」

「どんな場所なの？」

尋ねると、壱星は軽くうなずいた。

「白い海岸に荒い波が打ちつけている。俺は砂浜に立って空を見あげているんだ。思い浮かぶだけで心が穏やかになるくらい、絶対に行かなくちゃいけない場所なんだ」

確信した横顔に、「でも」と私は視線を逸らす。

「新潟県ってどうやって行けばいいんだろう。新幹線なのかな。あ、深夜バスとか？」

深夜バスなら今からじゃ間に合わないかもしれない。在来線なら明日の朝に出れば間に合うのかな……。

スマホを取り出そうとする私の手を、壱星はやさしく止めた。

「一緒に行ってくれる？」

「もちろん、絶対に行くよ」

「よかった」

ホッとした顔の壱星が手をつかんだまま立ちあがった。

「じゃあ明日に備えて早めに寝よう。というか、俺がもう限界」

「あ、うん」

まだ夜の七時を過ぎたところなのに、壱星はそう言う。

どうしようもないくらい眠いんだろうな。とろんとした瞳に、ニッと笑ってみせた。

「じゃあ明日、起きたら電話してくれる？」

「そうするよ。あと、これ」

渡されたのは、イヴにもらったプレゼントと同じ柄の包装紙に包まれた箱だった。

「お誕生日おめでとう」

「え……」

「本当はさ、このあとちょっといいレストランとかも考えたんだけど、最後だから親とも話をしたくってさ。今日は送っていけないのもごめん」

「いいよ、全然いい。あの……ありがとう」

まさか誕生日プレゼントをもらえるなんて予想外だった。寒さも感じないくらい体中がポカポカとあたたかくなる。

「恥ずかしいから帰ってから開けて。じゃあ、おやすみ」

「おやすみなさい」

ギュッと箱を握りしめたままなんとか言えた。

壱星の姿が見えなくなると、座っていたベンチにまた腰をおろす。

どんな顔で、私は壱星を見送ったのだろう。ちゃんと笑えてたならいいな……。

壱星の前では元気そうに振る舞えても、心の奥のほうを見れば、やっぱり悲しみは存在している。

ちゃんと見送りたい気持ちにウソはないけれど、そのときに笑顔でいられるかについてはまだ不安が残る。ううん、正直不安しかない。

「しっかりしなきゃ」

そうつぶやいていると、スマホがバッグのなかで震えていることに気づいた。相手は、望海だった。

『もしもーし』

「うん、聞こえてるよ」

『あ、よかった。デート終わったんだって？』

そんなことを言う望海に、思わず口ごもってしまう。なぜ今終わったことを知ってるのだろう。

『壱星にデート終わったらＬＩＮＥするように言ってたの。今、連絡来たから電話してみた。あいつ【帰ります】ってひと言だけしか送ってこないんだよ。そっけなさすぎるよね』

「ああ、なるほど。どうかしたの？」

『お誕生日おめでとう、って言いたかったの。ほら、こういうのって文字じゃなくてちゃんと伝えたいから。プレゼントは今度会ったときにあげるね』

こういうところ、昔から望海は律儀だ。

「ありがとう」と答えてから気づく。やけに電話の向こうが騒がしい。

「うん。望海、今外にいるの？」

『クラスの子たちでカラオケしてる。もうすぐ帰るところだけどね。実は、萌奈が落ちこんでないか心配でさ。そっちは大丈夫？』

トイレかどこかで電話しているのだろう。バックで流行りの曲が流れている。

「なんかね、明日私、新潟に行くことになりそう」

『え、萌奈も新潟に行くんだ⁉』

「……も？」

驚く望海に、私のほうがもっと驚いてしまう。望海は『待って』と言ったあと、どうやら店の外まで走ったらしい。自動ドアの開閉する音を最後に、音楽が聞こえなくなった。

『あのね、カラオケに行く途中で博香と紫依乃ちゃんに会ったんだよ。ふたりともやけにでかい荷物を持っててさ。聞いたら、これから家族旅行で新潟に行くって言ってたんだよね。駅で親と待ち合わせしてたみたい』

ああ、そうなんだ。すとんと胸に落ちる。

「そういえば、前に博香が言ってた。紫依乃ちゃん、大晦日に行きたい場所があるって言ってたって」

『そうなんだ。じゃあ、それが新潟ってことなのかも』

そっか……と静かに息を吐いた。〝星の子〟たちはみんな、空にのぼる場所を無意識に知っていたのかもしれない。

空を見あげると、駅前のまぶしい照明のせいで星は見えなかった。

壱星と二度目の別れを経験する大晦日は、すぐそこまで来ている。

家に戻ってプレゼントを開けてみたら、先日もらったイヤリングと同じデザインのペンダントが入っていた。

第八章　星が空に帰る日

眠りは、激しくドアを叩く音で強制終了された。

一秒前まで見ていたはずの夢も霞《かすみ》のように消え、薄暗い天井があるだけ。

「萌奈ぁ。おい、起きろよ！」

ドアの外で大声で叫んでいるのは誰？

あ、お兄ちゃんだ……。

やっと現実とピントが合った。朝っぱらこんなに騒いでいるお兄ちゃんは見たことがない。ひょっとして、お父さんになにかあったとか!?

急いでドアを開けると、お兄ちゃんは呆れた顔で立っていた。

「お父さんになにかあったの？」

「は？」

短く言ったあと、お兄ちゃんは首はそのままに顔だけ前に出した。

「親父はとっくの昔に仕事に行った。俺は起こしに来ただけだ。もう八時過ぎてんぞ」

「まだ八時でしょ。昨日遅かったんだからまだ寝かせてよ」

結局、ゆうべもあまり眠れなかった。新潟への行きかたを調べたり、今ではもうやっていないインスタの写真を見返したりして過ごした。おそらく四時間も寝ていないだろう。

「九時出発だから、もう準備しないと」

「九時？　出発？」

「コートだけじゃなく下着も厚手のものにして、マフラーや手袋も忘れんなよ」

矢継ぎ早に指示するお兄ちゃんに、「え」と返すのが精一杯だった。

そんなお兄ちゃんの首にはなにか黒いものがぶら下がっていて……。

「あれ、それってお母さんのカメラ？」

思わずつかんでいたらしい。「ぐっ」とお兄ちゃんが苦しそうな声をあげたので手を離した。

「あ、ごめん」

ネックストラップを外すと、お兄ちゃんはカメラを渡してくれた。

「なんとか修理を間に合わせてくれたんだ。あとで連絡先教えるから、ちゃんとお礼言っておけよ」

首に手を当てるお兄ちゃんからカメラに視線を落とす。修理をするときに掃除もしてくれたのだろう、前よりも新しい物に見えた。なによりもピノキオっぽかった長いレンズが半分以下のサイズになっている。

「望遠レンズになってたから部品交換のついでに標準のに戻しておいたって。この一眼レフ、けっこう高いやつらしくて、『お前の母親、プロかよ』って言われたよ」

「そうなんだ」とうれしくなった一秒後、さっき言われたことを思い出す。

「九時出発ってなんのこと？」

厚着をしろとかわけがわかんないこと言ってたような……。

「いいから準備しろ。朝メシは作っておくから」

言い捨てたお兄ちゃんは階段をおりていってしまう。

「待って待って。今日はこれから新潟まで行くからムリなんだって」

階段上の手すりから言うと、お兄ちゃんは足を止めて顔を向けた。その顔がなぜか自慢げに見えた。

「新潟に行くことは知ってる。なぜなら、俺が運転手として雇われてるからな。わかったらさっさと用意すること」

鼻歌混じりに階段をおりていくお兄ちゃんをポカンと見送ることしかできなかった。


待ち合わせ場所はいつものベンチ。

結局準備に時間がかかり、到着したのは九時半を過ぎていた。壱星は私たちに気づかず、桜の木をぼんやりと眺めていた。

まだ朝だというのに、壱星の体からほのかに光が生まれている。

車がハザードを出して停まるのを待って壱星に近づいた。あと数歩のところで彼がふり向き、

「おはよう。驚いた？」

と、丸い声で尋ねた。

「あ、うん。すごくかわいいね、ありがとう」

一瞬迷ってから、胸元のペンダントを触った。イヤリングも当然つけてある。

きょとんとした顔をしたあと、壱星はおかしそうに笑う。

「それもだけど、今日麻弥さんが送ってくれることについて聞いたつもり」

「あ……そうだった。まあ、驚いたっていうかまだ理解が追いついてない感じ。ということは、かなり驚いてるってことだよね」

素直に答えると、壱星はうなずいた。

「俺もこんなことになって驚いてる。実は、こないだ友達に会いに行った日にさ、麻弥さんとも約束してたんだ」

壱星は運転席であくびをしているお兄ちゃんに目をやった。

「新潟に行くのを許可をもらおうと思って。だって、帰りは萌奈ひとりになっちゃうだろ？」

「あ、うん……」

行きはふたりでも、帰りにはひとりぼっちになるはずだったんだ……。チクリと生まれる胸の痛みは気づかないフリでやりすごす。

「麻弥さん、流星群のこと知ってるんだな。詳しく説明しなくてもわかってくれたよ。新潟行きを許可してくれた上に、『俺が送ってやる』って言ってくれて」

そんな約束をしてたなんて知らなかった。自分が見たり聞いたりしたことだけがすべてじゃないと、学ぶことが多いこのごろ。

「あと、これは最後だから言うことなんだけど、『萌奈の中間テストの結果が悪いからなんとかしろ』ってクレームの電話をもらったこともある」

「ウソでしょう？　じゃああのテスト対策は……」

「そういうこと」

いたずらっぽく壱星は笑った。お兄ちゃんに文句でも言いたいところだけど、一眼レフを直してもらった恩もあるので聞かなかったことにしよう。

「いいお兄さんだよな」

「口は悪いけどね」

聞こえるはずもないのにコソッと言うと、口のなかで壱星は小さく笑った。

桜の木を愛おしそうになでてから壱星は私を見た。

「ここがはじまりの場所だった」

「あの日は桜が満開だったね」

真似して触れた木の幹はゴツゴツしていた。

最近のことのような気がしていたけれど、あれからずいぶん時間が過ぎたんだね。

「ここから俺たちの最後の旅がはじまる。なんて、映画っぽくてよくない？」

きっと壱星も寝不足なのだろう。目の下のクマが昨日よりも濃く出ている。

黒いセーターに黒いパンツ、腕に厚手の黒いコートをかけていて、なんだかお葬式に出るみたい。

お葬式……。暗くなりそうな気持ちを見ないようにうつむく。

この旅が少しでも楽しくなるように。少しでも壱星が安心して空に帰ることができるように。

後部座席にふたりで乗りこむと、壱星はお兄ちゃんに頭を下げた。

「今日はありがとうございます」

「言っておくけど、ぜんぶ萌奈のためだから。別にお前のためじゃないって前も言ったろ」

ウインカーを出し、車が走りだした。

「ごめんね。お兄ちゃん言葉が悪いから」

そっと耳打ちしたとたん「聞こえてるぞ」とお兄ちゃんはバックミラー越しににらんできた。余計なことは言わないようにしないと。

「そもそも、目的地が海岸ってだけじゃ困る。もっとはっきりした場所がわからないと」

ハンドルを切りながらお兄ちゃんはバックミラー越しに壱星を見た。

「すみません。近くまで行けばわかると思うんですけど……」

窮屈そうに頭を下げた壱星に、お兄ちゃんは「ふん」と子どもみたいに答えている。

なにか助け船を出さなくては。

「博香も昨日から新潟にいるみたい。あとで連絡取ってみようか」

せっかく提案したというのに、お兄ちゃんは音楽のボリュームをあげてしまった。

「ふたりともひどい顔してる。途中で起こすから寝てていいぞ」

流れる曲は『カントリーロード』。中学のときに合唱でやった曲だ。

壱星が口ずさむのを見ていると、ふわりと眠気が訪れた。

せっかくお兄ちゃんが運転してくれているのだから起きていないと。決意する横で、
壱星はあくびをかみ殺している。トロンとした目が今にも閉じてしまいそう。

私も少し眠ろう。まだ旅ははじまったばかりなのだから。

「危ない！」

自分で運転しているのにお兄ちゃんが叫んだ。

眠るなんてとんでもない、結局あれから私も壱星もずっと起きている。

そうなった原因はふたつ。

まず、お兄ちゃんが高速道路を走ったことがないことが判明したのが最大の原因。そういえば、インスタの撮影に行くときも高速道路を避けていたっけ。

「え、高速ってどうやって乗ればいいんだっけ⁉　ここ、ここなのか⁉」

そこからは「え、どっち方面？」「うわ、合流怖い！」「やばいあおられてる！」と大騒ぎになり、今は左車線をなんとか走っているところ。

お兄ちゃんは体を直角にし、ハンドルを指先の色が変わるくらいガッチリ握っている。前の車との距離は、運転免許のない私でも違和感を覚えるほど取ってある。

「教習所時代に乗ったっきりだからしょうがないだろ」

ブツブツと言い訳をくり返すお兄ちゃんに、私も壱星も「そうだよね」「そうですよね」と、何度も同意を示した。

もうひとつは、壱星が一眼レフの使いかたを教えてくれたから。ただ、こちらも一筋縄ではいかなかった。カメラが古すぎて、壱星でもわからないボタンや機能があるらしく、ふたりしてスマホで検索しては試している。

モニターがないからファインダーと呼ばれる窓から覗くしかない。ふたりで交互に覗いて、少しずつ撮影方法を学んでいく。

「この時代のカメラでオートフォーカス機能があるのがすごい」

壱星は感動しているようだけど、私にはその意味すらわからない。ただ、お母さんが使っていたカメラで写真を撮れることは、想像以上にうれしくてテンションがあがってしまった。フィルムはお兄ちゃんが買っておいてくれたそうだけど、今はもらえる状況じゃないのであとでお願いしよう。

車は中央《ちゅうおう》自動車道を北へと向かっている。帰省する人が多いのか、道は混んでいた。

「まずいな。これじゃあ六時間くらい見ておかないと」

肩をコキコキ鳴らすお兄ちゃん。すかさず、運転席と助手席の間に壱星が顔を入れた。

「夜までに着けばいいから大丈夫ですよ」

「うわ、近い！　ビックリさせんなよ」

「すみません」

密着するくらい近くなった壱星に私もドキドキが止まらない。意味もなくスマホを開くと望海からＬＩＮＥが来ていた。

望海【おはよう。もう出発したの？　駅弁なら松本駅で売ってる釜飯弁当がおススメだよん】

そっか、車で行くことをまだ言ってなかったっけ。

萌奈【おはよう。お兄ちゃんが車で送ってくれることになったの】

送信してすぐに既読マークがついた。三秒後には次のメッセージが届く。

望海【なんで!?　なんで麻弥さんが!?】

萌奈【壱星がお願いしたんだって。今は高速道路の上だよ】

望海【ずるい　ひどい！　それでも親友なの!?】

返信しようとするが、連打で望海のメッセージが到着してしまう。

望海【そうと知ってたらあたしも麻弥さんと行きたかった】

望海【今から迎えに来て】

望海【すぐに来て！】

ヤバい。興奮させてしまったらしい。

返事に困っていると、お兄ちゃんが「ああああ」とまた声を出した。

今度はなに？と前を見る前に車のスピードが落ちていく。先のほうが見えないくらい、長い渋滞が列をなしていた。

「渋滞につかまった。まあ、夜までに着けばいいなら焦らずのんびり行くしかない」

お兄ちゃんがあきらめたように窓を開けた。冷たい風が一気に車内に飛びこんでくる。少し北に進んだだけで、気温が下がったことを実感する。

持参したコートをひざ掛けにすると、壱星が私の右手を握った。

チラッとお兄ちゃんを確認するが、運転席からは見えていない様子。

握り返すと、壱星は照れたようにうつむいたあと安心したように目を閉じた。

……不思議だ。彼を見送るために北へ向かう旅をしているなんて。

もっと不思議なのは、思ったよりも落ち着いて今日を迎えていること。

それでも、いざ別れることになれば私は泣いてしまうんだろうな……。

今でも壱星がずっとそばにいてくれればいいと願っている。かなわないなら、せめて笑顔で見送りたい。

涙のタンクに一時的だけでいいから、フタができればいいのに。

北陸《ほくりく》自動車道に入ると、ふいに景色が変わった気がした。

いくつもの自動車道を乗り継ぎ、途中のサービスエリアで何度も休憩しているうちに当初の到着時刻はとっくに過ぎてしまっていた。

高速道路の運転にも慣れたらしく、お兄ちゃんは音楽に合わせて歌い続けている。

隣で壱星はいつの間にか寝てしまったみたい。背もたれに体を預け、規則正しく胸を上下させている。体から黄色い光がユラユラと放たれている。

ふと、壱星の向こう側になにか青色の絨毯のようなものが見えた。目をこらすけれど高い防音壁がジャマをしてなかなか見えない。

「今の……海？」

「海だろうな」

お兄ちゃんが音楽のボリュームを下げた。

「日本海《にほんかい》ってこと？　私、初めて見るかも」

「俺も。ネットに書いてたけど、上越《じょうえつ》サービスエリアからは佐渡島《さどがしま》も見えるみたい。と言ってもサービスエリアに寄ってく時間はなさそうだけど」

ナビには到着時刻が午後五時と記してある。明確な目的地がわからないままナビをセットしているので、高速道路をおりてからもさまようことになりそうだ。

新潟中央《にいがたちゅうおう》という出口をおりたころ、ようやく壱星が目を覚ました。静かに目を開けた壱星はしばらく目をしばたたかせてから、ゆっくりとあくびをひとつ。まるで赤ちゃんみたい。

「もう新潟に着いたみたい」

そう言う私に目をこすりながらうなずき、窓の外を眺めている。

「ごめん。どこに行けばいいのか全然わからない」

戸惑うように言った壱星に、お兄ちゃんが「まあ」とハンドルを左に切った。

「上空から見ない限り、俺もどっちが海とかわかんねえし」

博香とも今朝から何度かLINEでメッセージをし合っていたけれど、一時間前を最後に連絡が途絶えている。夜までは家族と過ごし、そのあとはふたりで海を目指すそうだ。

新潟市は私たちの町より都会で、高いビルが遠くに見えている。空には雲ひとつ浮かんでいない。水の多い町なのだろう、川がさっきから右に左に現れている。

少しずつ空の色が濃くなっていくのがわかる。日の入りがそろそろ迫っている。

「海ってどっちだろう?」

キョロキョロしながら尋ねる。

青い看板には地名が書いてあるだけで、海の方角は載っていない。

「たぶんこのまま行けば海には着くみたいだけど、ナビで見る限りは海岸じゃなくて港っぽい気がする」

港でもいい気はするけれど、壱星は白浜だと言っていたはず。

「海水浴場みたいなところってないのかな」

「運転中にナビを触るのはムリ。でも安心しろ」

そこでお兄ちゃんはくるりとふり返った。

「こういうとき、俺たちには〝ツタヤ〟がある」

急に宣言したお兄ちゃんにビックリした。

「危ないから前を向いてよ！」

ナビを触るのは危険でも、うしろを向くのは大丈夫なんて意味がわからない。

慌てる私に、お兄ちゃんはニヤリとしたまま前を向くと、左手の人差し指を斜め前に向けた。指さす先に蔦屋《つたや》書店と書かれた大きな看板があった。

「なんでツタヤなの？」

颯爽《さっそう》と駐車場に入るお兄ちゃんに尋ねると、「まあね」とよくわからない返答をして車を停めた。きょとんとしている間に、さっさと車をおり、店内に入っていってしまう。

追いかけようと壱星を見ると、彼はまた目を閉じていた。

「壱星？」

声をかけても壱星は目を覚まさない。どんどん眠気が体を侵食しているようで怖かった。薄暗くなってきたからか、黄色い光がさっきよりもはっきりと見える。

しばらく待っていてもお兄ちゃんが戻ってこないので私も店内へ。

明るい照明の店内に少し救われた気持ちになる。

お兄ちゃんはレジで本を購入したあと、見知らぬスーツを着た男性と話しこんでいるようだ。無愛想なお兄ちゃんにしては珍しく、ニコニコとした横顔が見える。

あ、どうやら話が終わったらしい、深々と礼をしたあとこっちに戻ってきた。

「あれ、なんだ萌奈か」

さっきの愛想はどこへやら眉をひそめている。

「今話をしていた人って誰？」

「ああ、清水《しみず》さん」

「清水さんって？　知り合いなの？」

初めて聞く名前に尋ねても、お兄ちゃんは「いや」と肩をすくめた。

「ちょうどスタッフルームから出てきた人を捕まえていろいろ聞いてたわけ」

「なにを聞いてたの？　ていうか、急になんでツタヤに行こうと思ったわけ？」

出口に向かいながら尋ねると、お兄ちゃんはピタッと足を止めた。

「聞かれて思った。なんでだろう」

「大丈夫？　壱星もずっと寝てるしなんか怖いよ」

お兄ちゃんが「ああ」と目を大きくしたあとおかしそう笑った。

「親父が言ってたんだ。『困ったときは本屋に限る』って。あれはいつのことだっけ？」

「私に聞かれても……」

わかるわけがない、と言いかけた口をギュッと閉じた。

いや、なんだか聞いた気がする。最近じゃなく、すごく遠い昔のことだ。

考えこむ私にお兄ちゃんは紙袋に入った本をポンと叩いた。

「新潟のガイドブック買ってきた。これで海水浴場がどこにあるかがわかる。ついでに清水さんに伝説のことも聞いてきたから」

「え、伝説のことも？　その人が知ってたの？」

「あとで説明するから車に戻ろう」

車に戻っても壱星は眠り続けたままだった。お兄ちゃんがガイドブックを開き、ナビに住所を打ちこんでいく。

「この先しばらく進めば海が見えるそうだ。港が多いみたいだけど、おススメの海岸も聞いてきた」

「おススメ？」

「ああ」とお兄ちゃんは車のライトをつけた。それくらい急速にあたりが暗くなってきている。

「伝説のことをチラッと話したら、『おそらく日和山浜《ひよりやまはま》海水浴場がいいでしょう』って。あの店員の清水ってやつ、絶対伝説のこと知ってるぜ」

「まさか」

「そのまさか、ってやつが人生は起きるもんだ」

ナビがポーンと機械音を出したあと言った。

『目的地までは約十五分です。一般道で案内をします』

海岸沿いの駐車場に入ると、予感は確信に変わった。

おそらくお兄ちゃんも同じことを思っているのだろう。近づくにつれて無言になっていた。

壱星は深い眠りについているようで起きる気配がない。

「ちょっと外に出ようか。あ、カメラ持ってきて」

お兄ちゃんに誘われて車外へ出ると、目の前には日本海があった。かろうじて水平線の向こうに残る夕日も、金色の光を秒ごとに弱めている。視界いっぱいに広がる水平線は、美しさだけでなく力強さも感じさせる。

あまりの寒さにマフラーを首に巻いた。

車のボンネットに腰をおろしたお兄ちゃんが、

「ここ、俺たち来たことがあるな」

と、さっきから胸にあった予感を言葉に変換した。

「ずっと忘れていたけど、家族みんなで来たよね」

さっきからあの日の思い出が急に脳裏で流れている。お父さんの車で出かけたこと。お母さんがお弁当を作ってくれて、途中のサービスエリアで食べたこと。道に迷ってツタヤに寄ったこと。そしてこの駐車場に車を停めたこと。八年前の大晦日がうっすらとよみがえっている。

「さっきツタヤで清水さんを見かけたときさ、無意識に話しかけてたんだよ。きっと前にも親父が話しかけたんだろうな」

「うん。そのときも、この海水浴場を紹介してもらったよね……」

どうして思い出さなかったのか不思議なくらい、忘れかけていた思い出が次々に浮かんでいる。

「俺たち、あの日と同じことをしてんだな」

苦しげに顔をゆがませたお兄ちゃんに私は言う。

「八年前の今日……ここでお母さんを見送ったんだ」

「でもうまく思い出せない。お袋がどんなふうに消えたのかとか、どんな会話をしたのか……なんで思い出せないんだろう」

「きっと不思議な力で記憶を消されてたんだよ。最後の会話を忘れるわけがないもん」

流星群の奇跡によって帰ってきたお母さんを、私たちはみんなで見送ったんだ。お母さんは最後、どんな気持ちだったのだろう。私はちゃんと笑顔で見送れたのかな。帰り道、お父さんは大丈夫だったのかな……。

イヤだな、と思った。これから来る壱星の別れをリアルに感じはじめている。お母さんのときみたいに忘れたくないな。でも、忘れないと前に進めないのかもしれない。

「大丈夫か？」

お兄ちゃんの声に、パッと笑みを浮かべる。

「うん、ちゃんと思い出せてよかったよ」

感情にはフタがある。悲しみも涙も苦しさも、それぞれフタをすればいいだけ。そうやって今までも生きてきたのだから。

お兄ちゃんが私の手からカメラを奪うと、うしろにあるフタを外した。ポケットから小さくて丸いケースを取り出すと、中身をセットしていく。

「これがカメラのフィルム。二十四枚は撮れるから。あと、今後はこのフタを絶対に開けないこと。開けたら写真も消えてしまうから要注意な」

「わかった」

「カメラのフタは開けちゃダメだけど、感情のフタは開けてもいいから」

フタを閉めた音がやけに大きく耳に届いた。

「感情のフタ？」

「萌奈はいつも自分の感情にフタをしてるだろ？　周りにばかり気を遣ってニコニコして……そういうのもいいとは思う。でも、親しい人の前では素直に出したっていい」

ちょうどフタを閉めたところだから驚いてしまう。

だけど……と、無意識に視線を落としていた。お兄ちゃんの言っていることはわかる。私のことを理解してくれていることもうれしい。でも、一度感情のフタを開けてしまったら、今から訪れるであろう別れに向き合える自信がない。

「ありがとう。努力してみる」

そう言うと、お兄ちゃんは口のはしっこをあげてニヒルに笑ったあと、海岸に目を向けた。

「見ろよ。どんどん人が増えている」

お兄ちゃんが海岸を指さした。夕日に照らされ、たくさんの人が砂浜にいる。

「もしかして、この海岸でみんなお別れをするの……？」

「清水さんも詳しくはわからないみたい。ただ、年末になぜか人が集まる海岸があるんだってさ。日付が変わるとみんな帰っていくらしい」

だからお母さんがいなくなる日もここに来たってことか……。〝星の子〟になった人たちは、導かれるように日本海を目指すんだ。遠くの海岸まで人の姿が見える。きっと、日本海側の海岸ならどこでもいいのだろう。

「事象は日付が変わるころに起きるだろう。一度メシでも食いにいくか」

車の後部座席に目をやるお兄ちゃんに、私はうなずいた。

もう夜の星が空に瞬きはじめていた。

冬の日本海は、荒波のイメージだった。

戦うように激しくぶつかる波の上では、強い風が夜を切り裂くように吹く——そう思っていたけれど、目の前にある海は穏やかな波音を耳に運んでくれている。風は冷たいけど、荒ぶることなく私たちの間をすり抜けていく。

あの日もそうだった。お母さんを見送ったときも、こんなふうに砂浜に腰をおろし、夜に消えた海を眺めた。

「寒くない？」

隣に座る壱星は、まだ眠そうな声。お兄ちゃんがくれた缶コーヒーはとっくに冷めてしまっていた。

「大丈夫。あったかインナーの効果ってすごいから」

「俺も超厚手のインナーを着てる」

ニッと笑ったあと、壱星は砂浜に置いたエコバッグに目をやった。

「麻弥さんに申し訳ないな。こんなにたくさんの差し入れもらっちゃって」

あのあと、レストランに到着しても壱星は目覚めなかった。結局、お持ち帰りにして、車のなかでお兄ちゃんと〝わっぱ飯〟と呼ばれる鮭《さけ》やいくらののった混ぜご飯を食べた。

それだけじゃ足りないだろう、とお兄ちゃんがコンビニで買ってくれたものもエコバッグに入っている。缶コーヒーだけじゃなく、お菓子やお弁当まである。

壱星の白い息が夜に溶けている。

気がつけばもう夜の九時を過ぎている。大晦日というのに海岸にはたくさんの人がまだいて、それぞれが思い思いの時間を過ごしている。

お兄ちゃんは車のなかで待機するそうだ。『何時になってもいいから』と言ってくれた。

「今、萌奈の目から〝星の子〟はどんなふうに映ってるの？　やっぱりみんな、光ってる？」

壱星の前髪が風に泳いでいる。視線を巡らせれば、たくさんの〝星の子〟が見えた。

「海岸線にたくさんの蛍がいるみたい。光が大きくなったり近くなったりしてて、不謹慎だけどすごくキレイだよ」

「俺は？」

「壱星がいちばん光ってる」

体から出る光はこれまででいちばん強い。黄色い炎がメラメラと燃えているよう。

スマホが震えた。さっきから博香と再び連絡を取り合っている。どうやら同じ海岸にいるみたい。

「萌奈、そのカメラ貸して」

「うん」

壱星はカメラの電源を入れるとファインダーを覗いた。

「真っ暗でなにも見えないけど撮るよ」

「それじゃあ写らないんじゃない？」

「フラッシュがついてるから大丈夫。一瞬だけ光るから」

「でも――」

言いかけた瞬間、目の前が爆発したように真っ白に光った。

ファインダーから目を離した壱星が、指を一本立てた。

「もう一枚だけ撮らせて」

「そんなこと言われても笑えないし」

さっきから頭でカウントダウンのタイマーが動いている。お兄ちゃんの言うように感情のフタを外してみたら、笑っちゃうくらい泣きたい私がいた。

壱星に心配させたり迷惑をかけたくない。

なんとか笑みを作ろうとする私の頭に、壱星はそっと手のひらを置いた。

「この写真を現像したらさ、煮るなり焼くなり好きにすればいい。だから、ムリして笑わなくてもいいよ」

「……うん」

うなずいてから、すぐに首を横に振った。

「私ね……感情を表に出すのが怖いの」

そう、怖いんだ。

「どうして？」

「大切な人にこそ自分の感情を知られたくない。そんなことしたら迷惑をかけちゃうから」

いつも泣いてて、悲しくて、不安定で……。そんなの見せられたら困るだろう。壱星だけじゃなく、お兄ちゃんも望海や博香だって。

「それは違うと思う」

頭に置かれた手に力が入るのがわかった。

「人に迷惑をかけない、って思うから逆に苦しいんだよ。人に迷惑をかけている、って自覚して生きてみて。きっとそのうち迷惑をかけている自分のことを許すことができるから」

「……そういうものなの？」

「そういうもの。自分を許すことができたら、きっと周りの景色も変わるはず」

やさしい壱星の瞳は澄《す》んでいて、まるで上空に広がる星空のよう。

「とか言いながら、実は俺も死ぬ前までは萌奈と同じだったんだけどな」

「なにそれ」

思わずツッコミを入れる私に、壱星はとぼけた顔をしている。

「またこの世界に戻ってきたときに思ったんだ。空に帰る日までは、人に迷惑をかける自分を許そう、って。だから——」

壱星は穏やかな瞳で私を見つめた。

「俺としてはできれば笑ってほしい。あ、そんなこと言ったら困らせるだろうから言わないけど」

「言ってるし」

思わず笑みを浮かべた瞬間、フラッシュが光った。壱星は満足そうに私にカメラを返し、「作戦成功」なんて小さくガッツポーズをしている。

私も壱星の写真がほしいな。たとえ写真にしたときに写っていなくても、このカメラで私が撮る最初の写真は壱星がいい。

お願いすればいいのに、私はカメラをそっと膝の上で抱える。

「俺さ、人は死んだら海に帰ると思ってた。まさか星になるなんてな。しかも〝星の子〟なんて名前、萎《な》えるし」

きっと私を元気づけようとしてくれている。

こうやって誰かに迷惑をかけている自分を許すことができれば、この悲しみも消えてくれるのかな。

なにか言おうと口を開きかけた瞬間、まぶしいライトが顔に当たった。また壱星が写真を撮ったのかと思ったけれど、カメラは私の腕のなか。

「やっぱり萌奈ちゃんだ！」

夜を昼に変えてしまうほどの大声で叫んだのは、紫依乃ちゃんだった。いつの間にか懐中電灯を片手に目の前で笑っている。

「え、いたの？　本当に？」

砂に足を取られながら向かってくるのは博香だった。

「萌奈ちゃん！」

全身の力を使って抱きついてくる紫依乃ちゃんを私も思いっきり抱きしめ返した。

「こんな広い場所でよく見つけられたね」

「わかったの。紫依乃、わかったの！」

「紫依乃ちゃん、かわいいお洋服着てるね。すっごく似合ってるよ」

体を離した紫依乃ちゃんがモデルよろしくくるりと回った。ピンクのボアにオレンジのスカート、厚手の白いタイツをはいている。

「でしょ。お姉ちゃんが買ってくれたの」

紫依乃ちゃんがチラッと壱星に目をやった。「よう」と挨拶する壱星に、秒で博香のうしろに隠れてしまう。壱星になつくことは最後までなさそうだ。

「ついに来たね」

博香の顔は穏やかだった。もうすべてを受け入れたような表情に、安心するのと同じくらいの切なさも感じる。

私も早く受け入れなくちゃ。笑顔で見送らなくちゃ……。

博香が腰を折り、紫依乃ちゃんになにか耳打ちをした。

「じゃあ、ふたりとも立ってください」

紫依乃ちゃんが私たちに向かってそう言った。

「立ったらついてきてください」

今度は博香が言うので、砂を払って立ちあがった。壱星も首をかしげてわたしを見ている。

「ついていくってどこに？」

「いいからいいから。時間がないよ」

紫依乃ちゃんが無理やり手を引っ張っていく。壱星もいぶかしげな表情を浮かべて歩きだした。

——ザザン。

水しぶきをあげて押し寄せる波の音がどんどん近づいてくる。壱星の腕にしがみつかないと、今にも海のなかに入ってしまいそう。

「立ち止まってください」

「目をつむってください」

ふたりの声がうしろから聞こえた。いつの間に追い抜いたのだろう。

「怖いんだけど……」

「いいから目をつむってください」

紫依乃ちゃんがさっきよりも強い口調で言った。どうやらこっち側に拒否権はないらしい。

目を閉じると、波の音がとてもリアルだった。前からだけじゃなく、右からも左からも、いくつもの音が時間差で届いている。

不思議な心地よさを感じはじめたころ、

「目を開けてふり向いてください」

紫依乃ちゃんの声が聞こえた。

目を開けると、隣の壱星が私を心配そうに見ていた。

「ふり向くのが怖いんだけど」

「私も」

苦笑いをしてから、ふたりで同時にふり向く。

博香と紫依乃ちゃんがニコニコと私たちを見ている。紫依乃ちゃんの光る体に照らされて、何人かの人がうしろに立っているのがわかった。

それは――望海だった。ううん、望海だけじゃない。コートにくるまったセリもいる。

「え……なんで？」

近づくと、今度は壱星の光に浮かびあがるクラスの男子たち。その向こうには女子の姿も見える。

「驚いた？　みんなで来ちゃった」

望海の声にカクカクとうなずく。私たち四人を囲むように、半分以上のクラスメイトが立っている。

これは……夢なの？　どうしてみんながここに……？

なにがどうなっているのかわからない。

「いやぁ、博香にナビしてもらったけど海岸ってどこも似てるから大変だったよ」

博香を見てほほ笑む望海が今にも消えてしまいそう。

「ね、ひょっとして……私はもう死んじゃったの？」

思わず出た言葉に、どっと笑い声が起きた。

助けを求めて壱星を見ると、彼は男子たちを抱きしめてじゃれ合っている。

私の前に立った望海が、両手を握ってくれた。

「望海……」

「あたしが説明するね」

「壱星が亡くなったときね、みんなすごく悲しんだの。でもそれ以上に、萌奈のことが心配だった」

壱星と紫依乃ちゃんの光が照らすみんなの顔は、どれもやさしく映った。

「萌奈は壱星が亡くなったあとも、一生懸命元気そうに振る舞ってた。ムリしないでって言っても聞く性格じゃないことくらいわかってる。だってそうだよね、あんまりにも急だったから」

望海の瞳が潤んでいるのがわかった。

「だから、あたしたちみんなで流星群にお願いをすることにしたの」

「え……流星群の奇跡の話を知っていたってこと？」

驚く私に、望海は首を横に振った。

「言い伝えがあるのは知ってたけど詳しくは知らなかった。だから、長谷川図書館に行って調べたの。最初に博香と三人で行ったときも、長谷川さんには何度も来てること、内緒にしてもらったんだよ」

望海はあのとき、長谷川さんと話をする直前でいなくなった。それなのに二度目に訪れたとき、長谷川さんは名前を知っていた。今考えると不自然だった気もする。

「で、セリにお願いして行ける人が集まって、流星群の夜に駒ヶ岳に行ったんだよ」

セリが照れくさそうに手を横に振った。

「僕は臨時便を出してもらっただけだから。当日来れなかった人もいたけど、ここにいるみんなは本気で流星群に願ってくれたんだ」

「え……じゃあ、みんな壱星が一度亡くなっていること、知ってたの？」

待って。壱星と再会した翌日、望海は壱星が戻ってきたことを受け入れていたはず。クラスのみんなも壱星が退院したと思っていたよね。

「あれはヤバかったよね」と、望海がみんなを見渡した。

「前の日に萌奈からLINEで壱星が生きてるって連絡が来たでしょ？　それで初めて、流星群の奇跡が起きたことを知ったの。それからは大変だったよ。行ったメンバーみんなに連絡したんだから」

女子の何人かがうなずいた。

「本当に駒田くんが現れたから驚いたよね」「体光ってるし」「ビビったよね」

どの顔にも涙があふれていた。

そうだったんだ……。

「じゃあ知らないフリをしたのはどうして？　望海なんて、私が説明しようとしても最初は聞いてくれなかったじゃん」

流星群の奇跡が起きたことをみんなで共有したかった。それなのに、なんでみんなは……。

「流星群を見に行けなかった子たちの記憶は、壱星が最初から亡くなっていないというものに変わってた。あたしが萌奈と交わしたLINEも消えていた。誰かがネタバレをしたら大ごとになる、って思ったの」

そう説明した望海に、セリが「待って」と前に出てきた。

「それもあるけど、望海が言ったんだよ。ふたりきりの奇跡にしてあげたい、って」

「バカ。余計なこと言わないでよ」

パシンとセリの頭を叩いたあと、望海は照れた顔で私を見た。

「図書館で調べたときから、この奇跡に期限があるのはわかってた。あたしたちが知っていることがバレたら、萌奈はきっと自分のことはあと回しにして、みんなで過ごそうとしたはず」

「そんなこと……ないよ」

ダメだ。否定しても、望海の言いたいことがわかってしまう。

「じゃあ、あたしたちが知っていたとするでしょ。それでも、学校をサボってデートできた？ ふたりきりで思い出の場所に行けた？」

さみしそうに望海は私の目を見つめた。

「萌奈にはきっとできなかった。それくらいやさしいし、いつも周りのことばっか考える性格だから」

「でも……」

ダメだ、もう感情のフタが開いてしまいそう。どんどん視界が潤んでしまう。

「萌奈が本当の感情を出すのは、壱星とふたりきりのときだけ。あたしたちは、ちゃんとふたりにお別れをしてもらいたかったの」

「年越しパーティは？」

もし参加していたらここにはいなかったはず。聞かれるとわかっていたように、望海はニッと笑った。

「もともとそんな予定なかったの。萌奈と博香が教室に残らないようにでっちあげたんだよ。で、ふたりが帰ったあとにみんなで相談してたんだ。クリスマスパーティだけは急遽やることになったけど」

「そうだったんだ……」

「昨日はカラオケしたあと深夜バスに乗ったんだよ。どう、驚いたでしょ？」

そんなことまで考えていてくれたなんて……。

あっけなくこぼれた涙は、流星のように次々に頬に流れていく。

「ねえ、萌奈」

震える声で望海が私の両手をつかんだ。

「いいんだよ。感じたまま表現してくれていいの。あたしが、あたしたちみんながちゃんと受け止めるから。悲しいこともぜんぶ、一緒に背負うから」

「望海……！」

すがりつくように抱きしめると、それ以上の力で抱きしめ返してくれた。

「私……どうしていいのかわからなかった。本当は行かないでほしい。だけど、困らせるから。迷惑をかけるから。どうやって壱星を見送ればいいのか、ちゃんと笑っていられるのか……ちゃんと……」

感情のままに吐露すると、うまく言葉にならない。だけど、想いは伝わっている気がした。

周りの女子が私の肩を抱いて泣いてくれた。うれしいのか悲しいのかわからないいま、泣き続けることしかできなかった。

壱星を見れば、見たこともないほどうれしそうな顔をしていた。

体を離した望海が今度は博香に抱きついた。

「博香にもずっと謝りたいことがあるの。妹さんのこと、もっと早くわかってあげられなくてごめんね」

「私が言わなかっただけ。もっと早く相談していればひとりで悩まなくても済んだのにね。そういう意味では、萌奈より重症なのかも」

こんなときなのにおどける博香に、私はまた泣くしかできない。

博香の悩みを一緒に背負う、なんて言って、結局なにもできなかったよね。博香は受け止めているように見えるけれど、私と同じくらい悲しいはず。

声をかけようと口を開いたタイミングで、「ねえ」と、コートを引っ張られた。

見ると紫依乃ちゃんがあどけない顔で私を見あげていた。

「またヘンなこと考えてるでしょ」

「え……」

図星すぎて返答に困る私から、みんなに視線を向けた紫依乃ちゃんが腰に両手を当てた。

「望海ちゃんもそうだよ。言っとくけど、うちのお姉ちゃんはそんなに弱くないんだから。明日からはもっと強くなるんだからね」

男子からの「手ごわい」の声を合図に、小さな笑いが生まれた。

なんだか夢のような時間が流れている。これが永遠に続かないことを嘆いてもいいんだ。悲しんでもいいんだね。

ボロボロと涙をこぼす私の肩を、望海と博香が抱いてくれた。

ふたりは私の大切な友達だ。

「じゃあそろそろ時間です。深夜バスに乗らないといけないので駅に戻ります」

添乗員のようにセリが言い、みんなが壱星にお別れを告げた。誰もが泣いて、笑って、そして最後は手を振り合って。

明日もまた会えるような『さよなら』を告げ、みんなは砂浜をあとにした。

きっと今までの私なら、みんなで最後までいたいと言っただろう。

そんなことを思いながら望海たちに手を振った。

海岸沿いにたくさんの光が並んでいる。

冬蛍は、間もなく訪れる別れを知ってか光を強めているようだ。

「じゃあ、私たちも行くね」

博香がそう言った。

「一緒にいないの？　だってもうすぐ……」

「紫依乃がお散歩したいって言うの。いつもみたいに手をつないで歩いているうちに消えたいんだって」

さっきから博香も涙を隠さなくなった。あきらめじゃなく、心から別れを受け入れたのだろう。深い愛のなかに、博香の強い心がある。

「それでいいんだよね？」と、震える声で紫依乃ちゃんに尋ねている。

紫依乃ちゃんは大きくうなずくと、絡みつくように博香の手を握った。

「紫依乃はお姉ちゃんとお散歩するのが好きなの。なんにも怖くないよ。お姉ちゃんのこと大好きだから」

「そうだね、行こうね」

「うん。バイバイ、萌奈ちゃん」

そう言って歩きだした紫依乃ちゃんが、顔だけをまたこっちに向けた。

「壱星くんもバイバイ」

「お、やっと名前で呼んでくれた。またな」

隣で壱星がうれしそうに手を振った。博香の姿はすぐに暗闇の中に溶けて見えなくなるけれど、つないだ手だけはずっと光っていた。

バイバイ、紫依乃ちゃん。

心のなかで伝えると、波の音が急に近くに感じられた。

「なんか、すごかったな」

壱星が海を見ながらそう言った。

「こんなことってあるんだね」

「流星群の奇跡もすごいけど、クラスのみんなほうが奇跡だよな」

まるで祭りのあとのような静けさ。雲ひとつない空には星が輝いている。

ああ、壱星を取り巻く光はどんどん強くなっている。スマホを見ると、あと十分で大晦日が終わってしまう。

「壱星……あのね……」

最後に伝えたいことはたくさんあった。今日までの間、いつもいつでも考えてきた。

『今までありがとう。私は大丈夫』

『これからもがんばるからね』

『出会えてよかった。またね』

映画やドラマのシーンにありそうな言葉たちは、実際に自分がその立場になるとしっくりこなかった。それでも、感情にフタをして伝えるつもりだった。そうしないといけないって思い続けてきた。

だけど感情のフタを取ってしまった今、弱気なことしか言えない自信があった。口をつぐめば、お腹のなかにモヤモヤがまた生まれている。

「俺さあ」

急に壱星が大きな声で言った。風が壱星の髪を乱している。

「今からダサいこと言ってもいい？」

パンツのポケットに両手を突っこんだまま横顔の壱星が尋ねた。

「いいよ」

と答えると、すうと息を吸う音がした。

「病気で寝こんでるときさ、萌奈が来てくれるとうれしかった。でも、そのぶんあとでもっと悲しくなった。自分の不甲斐《ふがい》なさや無力さに負けそうになってた。いや、負けてた」

自嘲するように息を漏らしたあと、壱星は気弱に風から目を背けた。

「だから、自分から会いたいって言わないようにしてた。萌奈に迷惑をかけたくなかったんだ。でも、息を引き取る前に思ったのは、萌奈にもっと会いたいって伝えればよかった。それだけだった」

壱星も同じ気持ちを抱えていたんだ……。

「私もそうだよ。インスタの写真に逃げてばっかりで……もっと会いたかった」

「しょうがないよ。だってさ俺たちってまだ高校生だぜ。自分が死ぬとか好きな人が死ぬなんてことが降りかかるなんて思わないし。そんなの受け止めてるやつなんて人生何周目なんだよ」

笑いながら壱星の瞳から涙がこぼれていた。

壱星の顔を見ていたいのに、涙でうまく見えないよ。もうあと少しで壱星はいなくなるのに。泣きたくなんかないのに……！

「俺たちはお互いから逃げてたんじゃない。死ぬことから逃げてたんだよ。そうすることしかできなかった。こんなに……こんなに好きなのに」

強く抱きしめられると同時に、お腹の底から悲しみが一気にあふれてくるのを感じた。それは沸騰するように激しく、叫びたいほどの衝動が襲ってくる。

これほどの悲しみに抗い、あとで苦しくなるよりも、私も感情をそのまま言葉にする。

「壱星と別れたくない。ずっとそばにいたいよ！」

「俺も。俺も……」

「どうしてこんなことになるの。どうしてこんなに悲しいことばかり起きるの!?」

流星群はあの日、壱星を私のもとへ届けてくれた。このことに意味があるのなら、どうして別れなくちゃいけないの。

「ずっと萌奈を守りたかった。こんなふうに泣かせたりしたくなかった」

涙声の壱星が耳元でうめくように言った。

「だけど」と壱星は必死で言葉をふり絞った。

「ここにいるみんなも同じ。悲しくても別れなくちゃいけない」

「イヤだよ。そんなの、イヤだよ」

そばにいて。どこにもいかないで。ずっと壱星の隣にいさせて……!

「きっと、萌奈のお母さんも同じだったんだよ」

その言葉にハッとして上半身を離すと、壱星の顔は涙でくしゃくしゃになっていた。

「どうしてそのことを……?」

お母さんが〝星の子〟だったことを伝えようと思っていた。だけど、なんて説明すればいいのかわからなくて、結局話せないままだった。

壱星はとっくにわかっていたんだ……。

「戻ってきたときになぜかそんな気がしたんだ。同じ〝星の子〟だからこそ伝わったのかもしれない。はっきりわかったのは、カメラに触れたときだった」

「このカメラに？」

そっと首からぶらさがっているカメラに触れてみた。

「不思議だよな。お母さんの深い愛を感じたんだ」

「………」

「萌奈のお母さんは、死を恐れずに周りのみんなに最後まで愛を伝えた。まるで俺もそうなれ、って言われてる気がしたんだ」

お母さんとの別れも……きっとこんな感じだったんだ。私はきっと泣いたはず。お兄ちゃんもお父さんもそうだろう。

だけど、今ではお母さんのことを思い出すとき、やさしい気持ちになれている。

「流星群の奇跡は……」

嗚咽を漏らしながら、壱星の肘のあたりをつかんだ。

「流星群の奇跡は、このあとの人生で起きるのかもしれない」

「そうかもな」

鼻水を拭いながら壱星はうなずいた。

悲しみのなか別れたとしても、きっと生きていくなかでこの出会いに感謝できる日が来る。壱星と再会できたことに意味をもたらすのは、このあとの自分自身なのかもしれない。

「萌奈はこれからどんな人生を送るの？」

そんなのわからないし、考えたくない。でも……心に浮かんだのは手にしているカメラのことだった。

私とお母さんをつなぐもの、私と壱星をつなぐ絆《きずな》は……。

「私ね、壱星に出会った日に恋をしたんだよ。不思議だった。この世界がキラキラ輝いて見えたの。風景の写真を撮ることでもっともっと壱星のことを好きになった」

勝手に言葉があふれていた。心の底から壱星に伝えたいことは、明日からの私についてだった。

「カメラのことちゃんと学んでみたい」

そう言った私に、壱星は見たことがないくらいの笑顔になった。

「自分が美しいと思った世界を切り取っていきたい。そのためになにをするかまでは考えていないけど」

「そっか」

彼の大きな手が私の頭に触れた。やさしく、あたたかく。

手を通じて、前に壱星が言っていた言葉が脳裏によみがえった。たしか、『いい写真を撮るには機材や構図も大切だけど、もっと大切なことがあるんだよ』と言っていたよね……？

「いい写真を撮るのに必要なことって、ひょっとして……心のこと？」

勝手に口が動いている感覚だった。

ファインダーの向こう側に見えるものを愛する気持ちが大切なのかもしれない。

きっと……お母さんもそうやって写真を撮ってくれていたんだ。

「その通り。萌奈ならきっとすばらしい写真が撮れるよ」

やさしく髪をなでる壱星の手に頬を寄せた。

「私なりにがんばってみる」

「それを聞いて安心したよ」

壱星は手を離し、大きく息を吐いた。白い息が宙にのぼっていく。

「……なあ、最後にお願いがあるんだ」

壱星が静かに言った。

「俺の写真を撮ってよ」

前の私なら断っていただろう。写らない壱星を写真にしても悲しくなるだけだ、と。

だけど、私も壱星の写真を撮りたいって思うから。

「わかった。思いっきり心をこめるから」

少し離れてレンズを向けると、壱星は光のなかでニッコリ笑っている。

「かっこよく撮ってくれよ」

「任せて」

ファインダーを覗きこむと、遠くの冬蛍がいくつか空にのぼっていくのが見えた。

まるで雪のようにふわふわと空に舞いあがっていく。

壱星にピントを合わせる。大好きな壱星に、たくさんの思い出をくれた壱星に。

「じゃあ、撮るからね。3、2、1」

シャッターを切ると、壱星の体から放たれる光が急に大きくなった。

今、壱星が空に帰るときなんだとわかった。

「壱星！」

腕を大きく広げた壱星の胸に飛びこんだ。

まばゆい光のなか、壱星の声が聞こえる。

「ありがとう、萌奈」

「壱星、お願い。私も、お願いだから私も——」

強引なキスに言葉がかき消されてしまう。

『お願いだから私も一緒に連れていって』

本当はそう伝えたかった。だけど、唇から感じる彼の温度が、新しい力を与えてくれているようで。深い愛を伝えてくれているようで。

そうだよね……私もちゃんと明日を生きていかなくちゃいけない。

それが壱星のためでもあり、私のためにもなるはず。私を支えてくれているたくさんの人を、いつか支えられる私になりたい。

抱きしめられていた感触が溶けるように消えていくのがわかった。

ああ、もうこれで……さよならなんだね。

唇が離れると、目の前の壱星は泣きながら笑っていた。

「萌奈、君のことが大好きだよ」

「私も……私も壱星が大好き」

心からの言葉はきっと伝わる。どんな感情でも、愛する人にはちゃんと伝えていきたいと思った。ううん、体ぜんぶでそう感じている。

壱星の体を包んでいた光がゆっくり空にのぼっていく。

「壱星。壱星！」

大丈夫だよ、というようにゆらゆらとやさしく揺れている。

たくさんの〝星の子〟たちも空にのぼっていく。まるでそれは、逆向きの流星群みたい。

「ありがとう。私、がんばるから！　絶対に負けないから！」

涙を拭いながら必死で叫んだ。今は悲しくてもぜったいに壱星に出会えたことを後悔しない。

流星群の奇跡は、このあとの人生でもっとその意味を私に教えてくれるはず。

遠ざかる壱星が、くるりと円を描いた。

聞こえてる。ちゃんと聞こえているんだね。

何千もの光が夜空の星になっていく。キラキラと輝きながら、この先の未来をきっと見つめてくれている。

大きく手を振りながら、私はいつまでも星になった壱星を見つめていた。

エピローグ

ホームルームが終わると、教室はとたんに騒がしくなる。椅子を引く音や、扉を開閉する音。前までは苦手だった音たちも、今では心地よく耳に届いている。

帰っていくクラスメイトに「バイバイ」と手を振ってから荷物をまとめた。

「ねえねえ、あたし見ちゃったんだけど」

望海がドスンと前の席に腰をおろした。右手にはコーラ、左手にはポッキーが握られている。

「なにが？」

「写真部の部誌。先輩がこっそり見せてくれたの」

ニヒヒと笑う望海に「ええっ」と顔をしかめてみせた。

「新入部員の勧誘用に作ったんだよ。なんで望海がもう見てんのよ」

「いいじゃん。でも、あれってあの日の写真でしょ」

声を潜める望海に苦笑する。

「そうだよ。データ化するのすごく大変だったんだから」

「それにしても二年生の三学期から写真部に入るなんてすごいよね。ウワサになってるよ、いい意味で」

茶化す望海をにらみつけると、シュンとしてポッキーをつまんでいる。

壱星との二度目の別れから二カ月半が過ぎ、今はもう三月。写真部の新入部員として初めての課題に、私はあの日撮った壱星の写真を提出した。

「あの写真ステキだよね。チラッとしか見せてもらえなかったから、早く四月になってじっくり見たいなあ」

ボヤく望海に、

「今、持ってるけど見る？」

と尋ねると必死で首を縦に振っている。机のなかに入れていた部誌を取り出し、あの写真が掲載されているページを開いた。

【#星の子】というタイトルと、私の名前が載っている。

夜の海と、満天の星、そして、小さくて丸い光が中央に写っている。

「ああ、やっぱり」と、望海が丸い光を指さす。

「ここに壱星がいるね。すごいね、萌奈。ちゃんと撮れたんだね」

望海はみるみるうちに泣き顔になってしまう。きっと私も同じ顔だ。

「え、どうかした？」

心配そうに近寄るセリを「シッシッ」と追い払うと、望海は私をギュッと抱きしめた。

「ありがと。職員室に寄ってから合流するね。バス停で待ってて」

「うん」

部誌を閉じて席を立つ。

昇降口で靴を履き替えていると、博香が駆けてきた。

「遅くなってごめん」

「大丈夫。望海はあとで合流するって」

外に出れば、夕焼けが空一面に広がっていた。風はまだ冷たいけど、きっとすぐに春が来るだろう。

今日は紫依乃ちゃんの誕生日。これからケーキを買って博香の家に行く予定。

望海は今日のために大きなぬいぐるみを買って、駅のコインロッカーに隠してある。あとで抱えて登場する姿が目に浮かぶ。

「あれから二カ月以上経ったなんて不思議だと思わない？」

最近、イメチェンした博香が前髪を気にしながら尋ねた。短めの髪もよく似合っていて私は好き。

「本当だね。なんだかぜんぶが夢みたい」

「わかる。私なんて夏あたりからずっと夢を見ていた気分だもん。長すぎるよね」

博香はよく笑うようになった。私もきっとそうだろう。

心を許せる人にはちゃんと感情を見せられるようになった。

壱星が知ったなら、きっとよろこんでくれるよね？

夕暮れの空の向こうできっと壱星は……。

「あっ、ちょっと待って」

突然足を止めた私に、博香はやれやれというふうにため息をついた。

肩にかけたカメラケースから一眼レフを取り出し、レンズを茜色の空に向けた。

ファインダーのなかにある一番星にピントを合わせた。

「3、2、1」

声をかけてシャッターを切った。

きっと壱星はあの星になったんだ。正しいかどうかは、いつかまた会えるときに教えてもらおう。

私は私らしく生きていく、って一番星に誓うよ。

星までの長い道の先でまた会おうね、壱星。


【完】

あとがき

『君が永遠の星空に消えても』をお読みくださりありがとうございます。

昔から星を眺めるのが好きです。星の名前も、宇宙の仕組みもよくわからないまま、今でも夜になると空を見あげています。

流れ星は願いごとをかなえてくれると言われています。流星群ならよりたくさんの星が夜空に弧を描きます。

流星群は奇跡を運んできてくれるかもしれない。そんな発想から始まった『流星シリーズ』も、これで三作品目となりました。

私の物語に出てくる登場人物は、様々な運命に翻弄されながらも最後は、自分自身の運命をしっかりと受け止めることが多いのが特徴です。

でも、実際に起きたとしたらどうでしょう？　もっと人間くさく運命に抗おうとするのではないか……。そんなことを考えながらこの作品を執筆しました。

これまでとは少し違う主人公に共感していただけると幸いです。

作中で主人公である萌奈がこんなことを言います。

『流星群の奇跡は、このあとの人生でもっとその意味を私に教えてくれるはず』

今は悲しみのなかでうずくまっていて、少し先の未来さえ想像できなくても、この先いつか歩き出せる。道の先で待っている奇跡のために、一歩ずつでも歩いて行こう。

そんな主人公の成長を描きたくて、この物語を描きました。

刊行にあたり、スターツ出版編集部には毎度ながらご尽力いただきました。表紙を描いてくださった周憂様、デザイン担当の長﨑様、世界観を見事に表現してくださり感謝いたします。

また、浜松学芸高等学校の皆様、ＳＴＡＲＭＡＲＩＥの皆様にも格別の感謝を申しあげます。奇跡の物語に深みを加えていただきありがとうございます。

そしてなによりも、いつも応援してくださる皆様がいるからこそ、物語を生み出せています。たくさんのお便りやお声が、私に文字を紡がせてくれています。

あなたにも流星群の奇跡が起きます。この長い道のどこかで、きっと。

二〇二二年十二月　いぬじゅん

いぬじゅん先生へのファンレターのあて先
〒104-0031　東京都中央区京橋1-3-1　八重洲口大栄ビル7F
スターツ出版（株）書籍編集部 気付
いぬじゅん先生

君が永遠の星空に消えても

2022年12月28日　初版第1刷発行
2024年1月31日　　第4刷発行

著　者　　いぬじゅん　

発 行 人　菊地修一
デザイン　カバー　長﨑綾（next door design）
　　　　　フォーマット　西村弘美
発 行 所　スターツ出版株式会社
　　　　　〒104-0031
　　　　　東京都中央区京橋1-3-1　八重洲口大栄ビル7F
　　　　　出版マーケティンググループ　TEL 03-6202-0386
　　　　　（ご注文等に関するお問い合わせ）
　　　　　URL　https://starts-pub.jp/
印 刷 所　大日本印刷株式会社

Printed in Japan

ISBN　978-4-8137-1370-8　C0193

いぬじゅんが贈る、
流星が繋ぐ切ない恋の奇跡“流星シリーズ”
君のいない世界に、あの日の流星が降る
いぬじゅん／著　mocha／イラスト
恋人・星弥を亡くし、死んだように生きる月穂は、心配をかけないように悲しみをひとり抱えていた。彼が楽しみにしていた流星群が命日である7月7日に近づく中、夢に彼が現れる。月穂は後悔を晴らすように思い出をやり直していくが、なぜか過去の出来事が少しずつ夢の中で変化していき…。
定価：682円（本体620円＋税10%）
君がくれた物語は、いつか星空に輝く
いぬじゅん
君がくれた物語は、いつか星空に輝く
小説の中の出来事が現実に起こって…君への想いが、運命を変える。
ナコモ／イラスト　定価：715円（本体650円＋税10%）
スターツ出版文庫

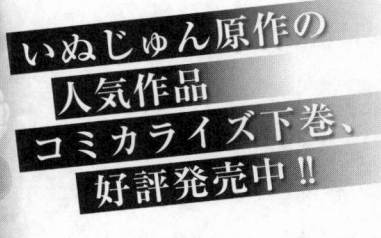

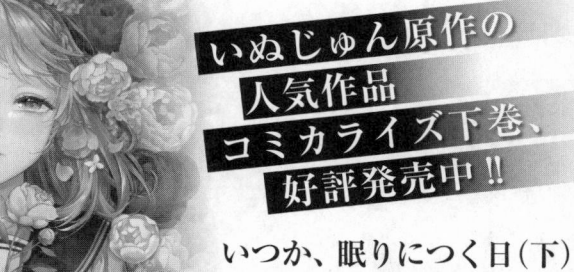

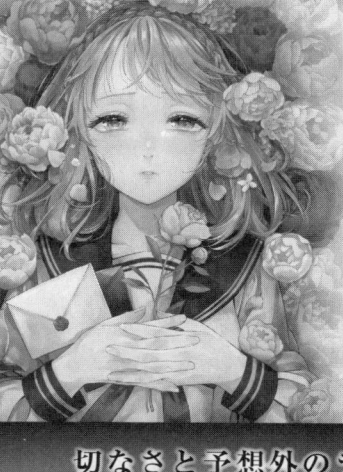

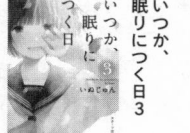